Rudi Müllenbach

Bottrop kocht noch

Originalausgabe – Erstdruck

Für Geli, Anne und Lena.

Rudi Müllenbach

Bottrop kocht noch

Ruhrgebiets-Krimi

Schardt Verlag Oldenburg

Bibliographische Information der Deutschen Bibliothek:

Die Deutsche Bibliothek verzeichnet diese Publikation in *Der Deutschen Nationalbibliografie*; detaillierte bibliographische Daten sind im Internet über *www.d-nb.de* abrufbar.

Titelbild: © F.Schmidt – Fotolia.com
Umschlaggestaltung: Marlies Mittwollen, Medienagentur Mangoblau, Oldenburg

1. Auflage 2013

Schardt Verlag
Uhlhornsweg 99 A
26129 Oldenburg
Tel.: 0441-21 77 92 87
Fax: 0441-21 77 92 86
E-Mail: kontakt@schardtverlag.de
www.schardtverlag.de
Herstellung: Print Group z.o.o., Poland
ISBN 978-3-89841-706-8

An einem späten Nachmittag im Oktober

Köhne war seit sieben Stunden unterwegs. Müdigkeit machte sich breit. Im Nachtprogramm spielten sie gerade Elvis' „Love me tender".

Schön wär's, dachte Köhne. Das Brummen seines Trucks machte seine Augen schwer. Ich brauch ne Pause, und zwar bald, sagte er sich. Sein Kreislauf schrie nach Kaffee, und sein Kreislauf war ihm heilig. Raststätte Kaltenborn fünf Kilometer, sagte das Schild. Köhne registrierte es mit Genugtuung. Rast bei der Trucker-Omi, davon hatte er schon oft geträumt. Elegant bog er mit seinem „Baby" in die Ausfahrt ein, endlich Pause. Wenig los hier, dachte Köhne, als er die Raststätte betrat. Die Blonde hinterm Tresen war alles andere als eine Omi. Kein Wunder, denn das Bild an der Wand zeigte die legendäre Omi bei ihrer Abschiedssession mit Tom Astor. Und das war zwei Jahre her. Dumm gelaufen, Köhne, sagte seine innere Stimme, aber der Kaffee war gut und brachte ihn nach vorn.

Eigentlich war Köhnes Leben verlaufen wie ein Buch mit leeren Seiten. Schule, na ja, einige Jobs und dann die Nummer mit Jenny, seiner großen Liebe. Er hätte und hatte alles für sie getan. Doch sie träumte von einem anderen Leben. Raus aus dem Pott und hinein in die große Welt.

Eines Tages war sie dann weg, einfach so „Hasta la vista, Köhne", und es blieben ihm zwei Freunde, sein Truck und die Straße, noch nicht mal eine Gitarre, geschweige denn das Meer.

Köhne hatte sich daran gewöhnt.

Nach einer halben Stunde hatte er seine Kaffeepause beendet, fühlte sich gut, und erst im letzten Moment sah er sie. Sie winkte am Ende der Raststätte, und auf dem Schild in ihrer Hand stand nur ein Wort: AMSTERDAM.

Meine Richtung, dachte Köhne und hielt an.

Wie komm ich hier bloß weg? Raisa hatte nur einen Wunsch. Raus aus diesem Land, aus dieser gottverlassenen Gegend, Sauerland. Es sollte Menschen geben, die es hier sogar schön fanden, und der Typ, der sie aus Bottrop hierhergelockt hatte, hatte ihr den Himmel auf Erden versprochen, sie dann aber wie eine Leibeigene behandelt.

In bunten und hellsten Tönen hatte er ihr seine Heimat angepriesen, obwohl es, wie es in einem Lied der Gruppe ZOFF so schön heißt, „in Finnentrop dunkel ist und in Küntrop noch viel mehr und in Hundesossen auf Touristen geschossen wird“. Trotz alledem hatten hier schon viele Menschen aus der Fremde eine neue Heimat gefunden. Raisa gehörte mit Sicherheit nicht dazu. Da war es ihr ja in Bottrop noch besser ergangen.

Aber wo sollte sie hin? Wo konnte sie einen sicheren Ort finden? Sie erinnerte sich an ihr kleines Dorf, irgendwo zwischen Wolga und Don, dort, wo ihre Welt zum letzten Mal in Ordnung war.

Endlich, dachte Raisa, als der Truck vor ihr zum Stehen kam.

„Amsterdam ist meine Richtung“, sagte der Fahrer mit einem breiten Grinsen auf dem Gesicht, und er war ihr nicht unsympathisch.

„Schon lange gewartet?“ fragte er.

„Zwei, drei Stunden“, sagte Raisa, „nicht viel los im Sauerland.“

„Dann wird’s Zeit, dass wir ins Ruhrgebiet kommen“, meinte der Trucker und bemerkte nicht, wie sie leicht zusammenzuckte.

Irgendwann spürte Köhne, wie die Müdigkeit abermals langsam in ihm hochkroch. Nur noch wenige Kilometer bis Bottrop. Die Frau neben ihm wirkte entspannt, aber war sie es wirklich? Sicher war er sich nicht.

Köhne betrachtete ihre markanten Gesichtszüge. Er bemerkte die leichte Blässe auf ihrem Gesicht und das kleine Muttermal an der Augenbraue. Wie schön sie ist, dachte er.

Köhne liebte Bottrop, warum wusste er selbst nicht, aber er liebte es. Die unbekannte Schöne war kurz hinter Dortmund eingeschlafen. Er hatte sie schweigend betrachtet, oh ja, sie war wunderschön, sicherlich eine Nummer zu groß für ihn, aber sie saß in seinem Wagen.

Er wusste nicht genau warum, aber er spürte, dass sie seine Hilfe brauchte, und ihm wurde klar, dass er ihr helfen würde.

„Have a little faith in me“ – der alte John Hiatt Song perlte in einer Countryversion aus seinen Boxen, und Köhne sagte seiner schlafenden Begleiterin, dass sie ihm vertrauen könne.

Raisa erwachte, als Köhne seinen Lkw einparkte. „Wo sind wir?“ fragte sie.

„Bottrop“, antwortete er und reckte seine steifen, müden Glieder.

Bottrop! Raisa zuckte unwillkürlich zusammen und rutschte tiefer in den klobigen Lkw-Sitz.

„Hast du was gegen Bottrop?“ fragte er mit einem überraschten Unterton in der Stimme.

„Besser als Sauerland“, erwiderte sie müde, „aber auch nicht gerade der Ort, an dem ich alt werden möchte.“ Dabei versuchte sie ein kleines Lächeln, das seine Wirkung bei Köhne nicht verfehlte. Er lächelte zurück.

„Wie heißt du eigentlich?“ fragte er und bereute diese Frage sofort. „Du musst es mir nicht sagen, wenn du es nicht willst“, korrigierte er sich leicht errötend.

„Ist schon in Ordnung“, antwortete sie lächelnd. „Ich heiße Raisa.“

Köhne bemerkte schlagartig wieder, was ihm bei ihren ersten Worten aufgefallen war: ihren Akzent. Und jetzt erkannte er auch die markanten slawischen Züge ihres Gesichts, die es zu einer geheimnisvollen Schönheit werden ließen.

Er überlegte, und verschiedenste Gedanken rasten durch seinen Kopf. Ihm war nicht so recht klar, wie er mit der Situation umgehen sollte. Zum einen war er müde, und seine Matratze schrie förmlich nach ihm, aber da war noch Raisa, hier neben ihm und doch so weit weg.

In einem Roadmovie würde jetzt alles ganz schnell gehen, dachte er. Aber dies hier war kein Film, sondern die Realität, und außerdem war er ein miserabler Schauspieler. Schweigen füllte die Fahrerkabine seines Trucks.

„Wenn du willst, kannst du bis morgen bei mir bleiben.“ Köhnes Stimme zitterte leicht bei diesen Worten, die ihn viel Mühe kosteten, aber er war froh, dass er sie gesagt hatte. „Es ist nicht gerade ein Palast, den ich dir bieten kann“, fügte er hinzu, „aber ...“

„Da ist lieb von dir“, meinte Raisa und nahm ihre Tasche, „aber nur, wenn es dir keine Umstände macht.“

Köhne war erleichtert.

Er war über eine Woche unterwegs gewesen, und ein muffiger Geruch strömte aus seiner nicht gerade luxuriösen Dreizimmerwohnung.

„Warte, ich sorge erst mal für Frischluft.“

Köhne sah ihr Lächeln und bemerkte ein Aufflackern in ihren Augen, als er zum Hörer griff.

„Köhne.“ Es war seine Mutter, die immer anrief, wenn sie meinte, ihr Sohn müsse mal wieder zu Hause eingetrudelt sein.

„Hallo Mama, ja, gerade zurückgekommen. Ingolstadt beim Audi, aber das hatte ich dir doch erzählt.“

Raisa entspannte sich und beobachtete ihn. Als er so mit seiner Mutter sprach, empfand sie plötzlich Zuneigung zu ihm, und das war ihr noch nicht mal unangenehm.

„Es war meine Mutter.“ Köhne lächelte ihr zu. „Irgendwie kann sie mich nicht loslassen, aber ich komme gut damit zurecht.“

„Ich finde es schön, wenn man ein gutes Verhältnis zu seiner Mutter hat. Ich vermisse meine Mamuschka sehr.“ Bei diesen Worten füllten sich ihre Augen mit Tränen.

Köhne reichte ihr ein Taschentuch und ging in die Küche. Vielleicht reichte ja sein Kühlschrankinhalt für beide, wenn nicht, würde er eine Pizza bestellen. Zum ersten Mal seit langer Zeit war er glücklich und mit sich und der Welt zufrieden, zum ersten Mal seit Jennys Verschwinden.

Er schaltete das Radio an und stimmte mit ein: „I feel good“ – James Brown wusste, wovon er sang.

Am Abend desselben Tages im Oktober

Die letzten Gäste verließen das Poco Loco gegen vier, und Josef Wüllner griff zum Telefonhörer. „Komm in einer Stunde", sagte er zu seinem Gesprächspartner, „aber komm allein, und kein Wort gegenüber Raisa. Es ist besser, wenn sie nicht alles weiß."

Felix Kropp am anderen Ende der Leitung hatte verstanden. Sagte Wüllner allein, dann meinte er das auch so. Aber warum Raisa, der Wüllner eigentlich blind vertraute, nichts erfahren sollte, war Kropp schleierhaft.

Er hätte Raisa allerdings nichts sagen können, denn seit Tagen war sie aus Bottrop verschwunden.

Josef Wüllner hasste zwei Dinge: Frauen, die zu viele Fragen stellten, und Schalke 04. Gern dachte Wüllner an den legendären Samstag zurück, als die Schalker schon die Meisterschaft feierten und die Bayern in allerletzter Minute den Titel holten. Spontan hatte er zu einer Party geladen und bis in die frühen Morgenstunden gefeiert.

An diesem Abend hatte er auch Raisa kennengelernt.

Noch heute sah er sie in ihrem engen roten Kleid die Treppe herunterschweben, ihm war der Atem stehengeblieben, und für einen Moment bestand die Welt nur aus dieser Frau.

Raisa, dachte Wüllner, ich habe zu viel Zeit für sie verschwendet, und wie dankt sie es mir? Gar nicht, im Gegenteil sie will mich ans Messer liefern, diese Schlampe, aber nicht mit mir. Er hörte wieder ihre Stimme am Telefon, wie sie ihm unmissverständlich klarmachte, nicht länger mitzumachen bei seinen miesen Geschäften.

Raisa hatte ihn zwar in der Hand, aber Bitze, dieser miese kleine Terrierbulle, dessen SOKO er oft genug schon an der Nase herumgeführt hatte, konnte ihm gar nichts, und bei diesem Gedanken gelang ihm sogar ein Lächeln.

Dafür hatte Wüllner sich äußerst geschickt in die Bottroper Gesellschaft eingebracht. Kein Empfang ohne ihn, den großzügigen Baumäzen. Hier mal eine Spende für das Altenheim, da mal eine weitere finanzielle Unterstützung für die gebeutelte Stadt. So machte man sich Freunde. Und Wüllner hatte mittlerweile sehr viele.

Da konnte dieser unfähige Kommissar nachforschen, so viel er wollte. Wüllner galt als Ehrenmann. Nur hinter vorgehaltener Hand munkelten einige Mitglieder aus dem Stadtrat, dass es bei Wüllners Geschäften nicht immer mit legalen Mitteln zuging. Aber laut sagte es keiner, von Hauptkommissar Bitze einmal abgesehen.

Nein, das werde ich zu verhindern wissen, sagte sich Wüllner, und Kropp, diese Natter, wird mir dabei helfen müssen. Er griff erneut zum Telefon.

Er war ungeduldig, warum kam Kropp nicht? Vor einer Viertelstunde hatte er mit ihm gesprochen und ihm klargemacht, dass er ihn jetzt sprechen musste. Kann ich mich denn auf niemanden mehr verlassen? dachte er, und das Freizeichen sagte ihm, dass Kropp wohl nicht mehr in seiner Wohnung war.

Felix Kropp hatte sich schon mal wohler gefühlt. Wahrscheinlich ging es um Raisa. Wenn Wüllner erfuhr, dass er sich heimlich mit Raisa getroffen hatte und mit ihr über die Details der von Wüllner sogenannten „Frischzellenkur" aus der ehemaligen Sowjetunion geplaudert hatte, war er geliefert. Dabei war ihm noch nicht nach abkacken zumute.

Warum hatte er bloß die Russinnen bei Raisa untergebracht und ihr sogar noch süffisant erzählt, in welchen Klubs sie in Zukunft für das sprichwörtlich leibliche Wohl finanzpotenter Herren sorgen sollten?

Kropp war erstaunt, wie aggressiv Raisa reagiert hatte. Sie hatte ihn wie einen dummen Jungen dastehen lassen und gedroht, alles auffliegen zu lassen.

Was hatte Wüllner erfahren? Warum diese Eile, und wo war überhaupt Raisa? Ruhig bleiben, ganz ruhig bleiben, sagte sich Kropp.

*

Es dauerte ihm zu lange, bis Kropp endlich kam. Wüllner war sich jetzt ganz sicher und beschloss zu handeln.

Die kleine Ratte Kropp, dachte er, meint, sie kann mich reinlegen. Macht der Buck schöne Augen und glaubt, ich merke es nicht. Nicht mit mir, dachte er grimmig und holte die Luger mit dem Schalldämpfer aus seinem Wandschrank.

Vor einer Woche schon hatte er erfahren, dass Raisa bei Nacht und Nebel mit einem Besucher eines seiner Klubs durchgebrannt war.

Warum sie das getan hatte, und wohin sie gegangen war, wusste er nicht, aber er wettete eins zu tausend, dass Kropp es wusste. Vielleicht steckte er sogar dahinter und wollte sich mit Raisa absetzen?

Am Klingelton erkannte er Kropp. Er lächelte, als er an die Begrüßung für seinen alten Spezi dachte.

*

Ade, schöne Welt, dachte Kropp, als er den Pistolenlauf vor seiner Stirn spürte.

„Komm rein“, zischte Wüllner.

Tausend Gedanken schwirrten durch Kropps Schädel. Was hatte Wüllner herausgefunden? Warum diese Begrüßung?

„Hör zu, du Ratte!“ Wüllners Stimme fraß sich in Kropps Gehörgänge. „Entweder du servierst mir Raisas Kopf auf einem goldenen Tablett, oder du bist ein toter Mann, irgendwo auf dem Grunde der Ruhr.“

Schon besser gebadet, dachte Kropp sarkastisch, doch der Revolver in Wüllners Hand sagte ihm, dass wohl Schluss war mit lustig.

„Hör zu, Chef“, begann er zitternd, „ich glaube, da liegt ein Irrtum vor.“

Die Faust kam hart und überraschend und beförderte Kropp auf den Perserteppich. Wüllners Schuhspitze begrüßte die Nieren, Kropp stöhnte auf.

„Ich sag's nur einmal, verstanden? Und jetzt sieh zu, wie du das Miststück loswirst. Ich gebe dir vierundzwanzig Stunden, und keine Tricks, sonst bist du sofort ein toter Mann. Und dann, mein Freund, wenn es dazu überhaupt noch kommt, reden wir über die Russinnen.“ Damit gab er Kropp ein Zeichen, dass die Audienz für heute beendet war.

*

Wie ein Tiger schlich Josef Wüllner anschießend durch seinen kleinen Privatpalast am Rande der Stadt.

Wofür hatte er das alles eigentlich gemacht, den Bullen und allen voran diesem Versager von Bitze und seiner arroganten Staatsanwältin immer wieder ein Schnippchen geschlagen, keine Mühen gescheut, wenn es darum ging, seinen Besitz zu vermehren? Warum hatte er Stadträten großzügige Zahlungen gewährt und Wohltätigkeitsveranstaltungen durchgeführt?

Für Raisa und für keine andere. Nur Raisa sollte die Frau an seiner Seite sein. Doch wie hatte sie es ihm gedankt? Sich für diese kleinen russischen Schlampen eingesetzt, denen er Topjobs besorgt hatte. Wieso stellte sie sich plötzlich so an? Sollte er sie in ihren russischen Dörfern vergammeln lassen? Und dann Kropp, dieser Versager! Er hatte ihm hoffentlich klargemacht, dass er keine weiteren Verfehlungen dulden würde, aber Kropp schien ihm für seine Zwecke schon lange nicht mehr der richtige Mann zu sein.

Ich muss mich neu orientieren, dachte er, und darüber wird sich ganz Bottrop wundern. Die Zeit der Wohltätigkeiten war endgültig vorbei.

Mit einem grimmigen Lächeln griff er zum Telefon.

Der erste Tag

Bottrop

Staatsanwältin Ellen Schrader hatte einen Albtraum. Ihr Prozess gegen Josef Wüllner, auch „der Revierpate“ genannt, war in der entscheidenden Phase. Wüllners Anwalt, Conrad von Dudenhofen, bekannt für seine Schmieraffären, hatte sie am Schopf. In allen Details servierte er dem hohen Gericht die Einzelheiten ihrer Beziehung zu Kriminalhauptkommissar Udo Bitze, dessen alberner Wahlspruch „Udo Bitze ist einfach Spitze“ ihr Aggressionspotential jedes Mal verdreifachte.

Ausgerechnet Bitze war ihr letzter Gedanke, bevor der Wecker ansprang und „I got you babe“ aus dem Radio dröhnte. Erst unter der Dusche kam sie zur Besinnung und war erleichtert, dass sie alles nur geträumt hatte.

Nachdenklich stand sie vorm Spiegel ihres Bades. Sie musste schmunzeln, als sie an die verstohlenen Blicke dachte, die ihr Polizeikommissar Beckbach ab und an zuwarf. Beckbach war jedoch nicht ihr Problem. Ihr Problem hieß Udo Bitze, Hauptkommissar und seit einem halben Jahr mit ihr in der SOKO, hier in Bottrop.

Das hatte sie sich ganz anders vorgestellt, als man ihr die Leitung übertragen hatte, da der Hauptkommissar mit seinen Extratouren den Verantwortlichen in Recklinghausen schon lange ein Dorn im Auge war, und so war sie sich von Anfang an als Aufpasserin für Bitze vorgekommen. Bitze war für sie ein Buch mit sieben Siegeln. Mal verschlossen, oder sollte sie sagen verklemmt, dann wiederum frech, dreist und stets auf Gegenkurs. Sie zog sich langsam an und stellte fest, dass sie eigentlich relativ wenig von Hauptkommissar Bitze wusste. Nur, dass er sie in vielem an ihren Vater erinnerte, ja genau, das war es, was sie schon seit längerem bemerkt hatte. Er hatte Wesenszüge ihres Vaters.

Zum zweiten Mal an diesem Morgen musste sie schmunzeln.

*

Hauptkommissar Bitze hatte schlechte Laune. Er dachte an Ellen Schrader. Nichts als Ärger mit dieser Frau. Seinen letzten Bericht hatte sie ihm zurückschicken lassen: zu ungenau, zu oberflächlich und nichtssagend stand darunter, mit freundlichem Gruß. Freundlich, dass ich nicht lache, dachte Bitze. Missmutig rührte er in seinem Kaffee. Irgendwann sage ich ihr ins Gesicht, was sie für mich ist. Dabei konnte er auf Anhieb nicht sagen, was sie für ihn war.

Als sie sich vor etwas mehr als sechs Monaten vorgestellt hatte, hatte er für einen kurzen Moment den Atem angehalten, denn die Staatsanwältin sah ausgesprochen gut aus, sie war attraktiv und hübsch. Aber Bitze hatte nach dem Scheitern seiner Ehe mit der Frauenwelt abgeschlossen. „Wahre Freundschaft gibt es nur unter Männern", hatte er seinem Freund Udo Kemmerling mit Überzeugung vorgetragen. So hatte er sämtliche Gedanken beim Anblick Ellen Schraders auf der Stelle verworfen. Diese Frau war bestimmt wie alle anderen auch und würde ihm nur Ärger machen.

Das Telefon weckte ihn aus seiner Nachdenklichkeit.

„Bitze", grummelte er in den Hörer.

„Chef", sagte sein Assistent Theo Beckbach, „Chef, wir bekommen Stress. Irgendwas kocht in Bottrop hoch."

„Ellen Schrader?" fragte Bitze sofort.

„Warum Schrader?" erwiderte Beckbach, der die Anspielung seines Chefs nicht auf Anhieb verstand. Aber nach einer kurzen Überlegung fiel ihm das liebenswerte Verhältnis der beiden wieder ein, und er konnte sich denken, was Bitze meinte. „Gab es etwa wieder einen Liebesbrief?" Beckbach machte aus seiner Belustigung keinen Hehl.

„Was sonst", erwiderte Bitze mürrisch.

„Wüllner hat was in Planung, Chef, sagen meine Informanten."

„Bist du sicher?"

„Ziemlich sicher, aber die Einzelheiten erzähle ich dir später", sagte Beckbach und legte auf.

Wie immer präzise, dachte Bitze, und seine Laune wurde auch nicht dadurch besser, dass Ellen Schrader ihn für zehn Uhr zum Rapport bestellt hatte.

Schlechtgelaunt betrat Hauptkommissar Bitze um Punkt zehn ihr Büro. Die Staatsanwältin musterte ihn mit einem hämischen Grinsen. „Ich habe den Eindruck, dass zwei Leute mir auf der Nase herumtanzen“, sagte sie. „Der eine heißt Bitze und steht vor mir, und der andere heißt Wüllner.“

„Nun mal langsam, schöne Frau“, erwiderte Bitze. „Mit Wüllner verbinden mich höchstens einmal ein paar Handschellen, die ich um seine Gelenke schnappen lasse.“

„Hören Sie mir gut zu, Herr Hauptkommissar. Während Sie mir schlampige Berichte liefern, ein in der Tat mieses Parfüm aufgelegt haben und rein gar nichts zur Verschönerung meines nicht berauschenden Tages beitragen, höre ich, und das finde ich gar nicht prickelnd, dass in diversen Klubs unserer Stadt Damen auftauchen, die wohl nicht dem Lockruf des Altkanzlers in die Bundesrepublik gefolgt sind. Und nun raten Sie mal, Herr Bitze, wer da in die Rolle des lockenden Kanzlers geschlüpft ist?“

Bitze musste nicht lange überlegen. Wenn in Bottrop üble Geschäfte liefen, konnte nur einer seine dreckigen Hände im Spiel haben: Jo Wüllner, sein ganz spezieller Freund.

Er musterte Ellen Schrader, und für einen Moment blieben seine Augen an ihren sinnlichen Lippen hängen. „Ich werde mich darum kümmern“, murmelte er, „und dann, Frau Staatsanwältin, reden wir weiter, wenn's sein muss, auch über mein Parfüm. “

„Ich bitte darum“, rief sie ihm nach und empfahl ihm noch einen Besuch der Stadtparfümerie in der Hauptstraße.

Der werde ich es zeigen, dachte Bitze, als er ihr Zimmer im ersten Stock verließ. Mit schweren Schritten schlurfte er zurück in sein Büro. Nur ein starker, schwarzer Kaffee würde ihn jetzt weiterbringen. Für seinen Kaffee ließ Bitze alles stehen, fast alles. Ich sollte mal wieder auf die Rennbahn gehen, vielleicht zum Galopp nach Dortmund, dachte er.

Früher konnte er dort mit seinem alten Kumpel Knut Mieschbach, der seit ewigen Zeiten bei der Sitte in Dortmund war, stundenlang abhängen. Ob Einlaufwette oder alles auf Hein Bollow und seine legendäre Pechnelke, oder wie auch immer diese Jockeys und Pferde hießen, Bitze und Mieschbach waren dabei, und ab und an gewannen sie sogar. Ein leichtes Lächeln zuckte um seine Mundwinkel bei dem Gedanken an Knut und Rennbahn.

Er bemerkte gar nicht, dass Theo Beckbach vor seinem Schreibtisch Platz genommen hatte und ihn angrinste. „Na, Chef, Schraderträume?"

Mit einem Ruck war Bitze wieder in der Realität.

„Wenn der liebe Gott dich strafen will, schickt er dich später im Himmel auf die Schraderwolke! ‚Schrader sehen und sterben', oder wie hieß dieser Roman noch mal?"

Beckbach musste über seine Anspielungen schallend lachen, doch Bitzes Miene ließ ihn abrupt schweigen.

„Lass die Schrader, es gibt Wichtigeres!" Bitze spürte, wie seine Lebensgeister zurückkehrten, und das lag nicht nur am Kaffee. „Los, mach hinne, wird Zeit, dass wir uns mal wieder in Bottrop umschauen. Außerdem habe ich einen Bärenhunger, und eine Currywurst in Marios Grill wäre jetzt genau das Richtige!"

Beckbach staunte über den plötzlichen Tatendrang seines Chefs, aber der Gedanke an eine Currywurst, noch dazu von Mario, ließ ihn nicht lange zögern.

„Lass uns meinen Wagen nehmen", meinte Bitze, der immer wieder mit Stolz feststellte, wie gut sein alter Peugeot 204 noch lief, und dem es völlig egal war, was Beckbach darüber dachte und was in den Dienstvorschriften stand.

Natürlich war ihm bekannt, und sein Chef und auch Ellen Schrader hatte ihn wiederholt darauf hingewiesen, dass Polizeibeamte im Dienst ein Dienstfahrzeug benutzen sollten. Doch ihm war es gelungen, eine Sondergenehmigung zu bekommen. Er erinnerte sich gern an das Gesicht der Staatsanwältin, als er ihr den Bescheid unter die Nase hielt.

„Es gibt kaum noch Wagen mit Kassettenteil. Hast du das gewusst, Theo?“ Und schon legte Bitze seine Lieblingskassette ein. Supertramp, „Even in the Quietest Moments“.

Er liebte Supertramp und konnte jeden Titel mitsingen, eine Qual für Beckbach, der es aber für eine Currywurst über sich ergehen ließ. Die Band um Rick Davies und Roger Hodgson hatte gerade den ruhigen Moment beendet, als Bitze seinen alten Peugeot vor Marios Grill parkte. Mit Pommes Schranke, dachte er, als sein Handy in der Jackentasche die „Dreamer“-Melodie von Supertramp anstimmte.

„Bitze“, nuschelte er in den Hörer. „Okay, wir kommen. Vergiss die Currywurst, Becki, wir haben eine Leiche.“

„Verdammt. Und wo?“

„Draußen bei Overbecks Hof.“ Bitze hatte sich diesen Vormittag wahrlich anders vorgestellt.

Schon wieder in der Nähe des Stadtparks.

Bitze erinnerte sich an einen Fall vor einigen Jahren, als im Stadtpark ein Obdachloser von einer Horde Jugendlicher so lange traktiert worden war, bis er starb. Der Fall hatte damals die gesamte Region erschüttert, denn die Täter waren alle nicht älter als sechzehn gewesen. Heute lagen die Dinge allerdings völlig anders, denn es handelte sich um eine tote Frau, augenscheinlich noch relativ jung. So viel hatte man ihm am Telefon gesagt.

Am Rande des Minigolfplatzes sah Bitze von weitem das rotweiße Absperrband der Kollegen, die bereits ihre Ermittlungsarbeiten aufgenommen hatten. Auch das Fahrzeug der Spurensicherung war schon da.

Die Beamten an der Absperrung erkannten Bitzes alten Peugeot sofort und grinsten.

Sollen die Streifenhörnchen ruhig grinsen, dachte Bitze und drehte die Musik etwas leiser, denn die passte nun wirklich nicht zu diesem Anlass.

„Ach nee, die Kollegen von der Sonderkommission gegen das organisierte Verbrechen sind auch schon da.“

Die sonore Stimme des allseits beliebten Gerichtsmediziners Dr. Weidenbach dröhnte Bitze entgegen.

Bitze wunderte sich, dass Weidenbach noch wusste, dass er gemeinsam mit dem Kollegen Beckbach vor zwei Jahren von Recklinghausen aus nach Bottrop geschickt worden war, um in der dortigen Dienststelle vor allem das aufkommende organisierte Verbrechen zu bekämpfen.

Dass man ihm mit Ellen Schrader in dieser SOKO „Revierpate", wie man sie schließlich genannt hatte, von heute auf morgen eine Staatsanwältin zur Seite gestellt hatte, konnte er bis heute nicht begreifen.

Mit achtzehn war er zur Polizei gegangen, und jetzt, im Alter von zweiundvierzig Jahren, hätte er sich schon ein wenig mehr Vertrauen seiner Vorgesetzten gewünscht.

Ruhe bewahren, Sicherheit ausstrahlen, waren seine einzigen Gedanken, als er einen ersten Blick auf den Fundort warf, an dem bereits die Kollegen der Mordkommission aus Recklinghausen ermittelten.

Man verständigte sich kurz mit den Kollegen der SOKO und gab Bitze grünes Licht, sich umzusehen, denn ein Zusammenhang zu Wüllner und seinen Machenschaften war hier nie auszuschließen.

„Bottrop kocht noch", war Bitzes Kommentar, und dann wandte er sich dem Tatort zu. Was er dort sah, ließ seinen Magen merklich rebellieren, und er dankte Gott, dass er nicht zum Essen der Currywurst gekommen war. Der oder die Täter hatten ganze Arbeit geleistet. Vom Gesicht der Frau war nicht mehr viel übrig, und auch an den Brüsten gab es zahlreiche Messerstiche.

Bitze drehte sich um und sah in das aschfahle Gesicht seines Kollegen Beckbach.

„Das gibt's doch nicht", waren dessen einzige Worte beim Anblick der toten Frau.

„Wahrscheinlich Ende zwanzig und seit mindestens acht Stunden tot." Doktor Weidenbach unterbrach Bitzes Gedanken. „Mehr kann ich dir im Moment auch nicht sagen, du siehst ja selbst, wie sie zugerichtet ist. Bis zum Nachmittag weiß ich mehr", meinte der beleibte Mediziner und untersuchte weiter die Spuren der Gewalt am Körper des Opfers.

„Ruf mich an, wenn du mehr weißt.“ Bitze machte sich auf den Rückweg.

Hinter ihm schlich ein immer noch sehr blasser Kriminalkommissar Beckbach, der selten so froh war, sich in Bitzes alten Peugeot setzen zu können. Sie fuhren zurück in die Dienststelle, und jeder hing seinen Gedanken nach.

„Und“, unterbrach Beckbach die Stille, „hast du eine Idee?“

„Wer macht so etwas?“ war alles, was Bitze dazu einfiel, der ausnahmsweise mal keine Kassette hörte, sondern den lokalen Radiosender eingeschaltet hatte. Er versuchte, seine Gedanken zu ordnen und ärgerte sich über die Musik im Radio. Die spielen wohl immer nur dieses seichte Zeugs, dachte er, aber er wurde schnell erlöst, denn es folgten die Lokalnachrichten. Eine Meldung ließ ihn aufhorchen: Eine Gasexplosion in der Orthbergstraße hatte Bottrop erschüttert. Orthbergstraße, überlegte Bitze, war das nicht ganz in der Nähe ihres Fundortes der Frauenleiche?

Zurück in der Dienststelle warf er als Erstes einen Blick auf den Stadtplan. Tatsächlich, das lag in unmittelbarer Nähe. Bitze beschloss nachzuforschen.

*

Köhne hatte gut und fest geschlafen. Nur einmal in der Nacht war er aufgewacht und zum Kühlschrank gegangen. Dabei war sein Blick auf die schlafende Raisa gefallen, der er ein Nachtlager auf seiner Couch bereitet hatte.

Wie schön sie ist, dachte er zum wiederholten Male, und ihm war klar, dass er alles dafür tun würde, ihr zu helfen.

Was für ein Abend! Vor seinem geistigen Auge ließ Köhne noch einmal die Ereignisse Revue passieren, den Moment, als die Anhalterin im Sauerland, die so schön war und doch so hilflos wirkte, in seinen Truck stieg.

Irgendwie wurde er das Gefühl nicht los, dass sie nicht gerne ins Revier fuhr. Es war nur so ein Eindruck, aber da konnte er sich auch täuschen. Schließlich war sie ja dann doch bei ihm geblieben, obwohl auf ihrem Schild Amsterdam gestanden hatte. Doch was wollte eine Russin in Amsterdam, noch dazu allein und ohne jedes Gepäck?

Köhne wollte das Rätsel um diese Frau lösen. Dabei spielte es für ihn gar keine Rolle, woher sie kam und was sie erlebt hatte. Seit Jenny hatte er sich nicht mehr so gut gefühlt wie am Abend zuvor, als er Raisa in seine Wohnung brachte. Mit einem Sprung verließ er sein Bett, angetrieben von der Vorfreude auf ein schönes Frühstück mit allem, was dazugehörte: Brötchen, Kaffee, Ei und Raisa.

Köhne blinzelte in die Morgensonne und war nach langer Zeit mal wieder restlos mit sich und der Welt zufrieden.

Leise öffnete er die Wohnzimmertür, und schlagartig waren alle positiven Gefühle verschwunden. Das Zimmer war leer, Raisa war nicht mehr da! Er rieb sich verwundert die Augen, und tausend Gedanken gingen ihm durch den Kopf. Hatte er etwas falsch gemacht, hatte sie irgendetwas missverstanden, oder war er mal wieder schlicht und ergreifend verarscht worden? Fast hätte er den Zettel, der auf dem Wohnzimmertisch lag, übersehen.

„Es tut mir leid, aber ich konnte nicht bleiben. Du warst gut zu mir, und ich möchte dich nicht in Schwierigkeiten bringen. Muss mir selbst helfen, und ich hätte es dir gern erklärt, aber ich kann das nicht. Such bitte nicht nach mir! Behalte mich ein wenig in deiner Erinnerung!

Kuss, Raisa.

PS: Danke“

Köhne las den Zettel mindestens fünfmal und konnte es nicht fassen. Sollte er sich so in Raisa getäuscht haben, oder was war mit ihr los? Was meinte mit den Schwierigkeiten, die er mit ihr bekommen würde? Da war doch eigentlich nicht viel zu zerstören. Obwohl sie schrieb, nicht nach ihr zu suchen, stand eins für ihn fest: Ich werde sie suchen, bis ich sie finde, und dann werde ich ihr helfen, denn ohne sie will ich nicht mehr länger mein Leben fristen. Tief in seinem Innersten spürte er, dass auch sie ihn brauchte.

Oberflächlich glitt sein Blick über die Tageszeitung, als eine Meldung sein Herz höher schlagen ließ.

„Unbekannte Frauenleiche im Bottroper Stadtpark aufgefunden!"

Hektisch überflog er die Meldung, stellte fest, dass die Polizei noch völlig im Dunkeln tappte und es sich allem Anschein nach um eine relativ junge Frau unbekannter Herkunft handelte.

Aber Raisa war doch bis in die Nacht bei ihm gewesen. Andererseits war dem Bericht nicht zu entnehmen, um welche Zeit die Frau ermordet worden war.

Nein, dachte Köhne, das kann nicht sein. Aber was sollte er jetzt tun? Vielleicht bei der Polizei anrufen?

Doch was sollte er ihnen sagen? Ich habe gestern Abend eine Anhalterin mitgenommen, die am Morgen nicht mehr da war und vielleicht deren Leiche ist.

Unmöglich, denn so würde er sofort zum Täterkreis gehören, das hatte Köhne in vielen Kriminalromanen schon gelesen. Nur tatenlos rumsitzen, das ging überhaupt nicht. Ohne zu frühstücken machte er sich auf den Weg. Der führte ihn zunächst in die Spedition. Denn wenn er nicht zur Arbeit erscheinen würde, würde das sicherlich auffallen, und auffallen wollte er auf keinen Fall.

Er wollte Raisa finden und hoffte, dass sie noch am Leben war.

*

Felix Kropp hatte schlecht geschlafen.

Die Begegnung mit Wüllner hatte ihm gezeigt, dass er auf dessen Abschussliste stand, und zwar ganz oben. Der Boss ließ sich nicht länger verkackeiern. Nur weg hier, war sein Gedanke, aber er wollte nicht ohne Raisa gehen.

„Wo steckt die dumme Pute bloß, und warum meldet sie sich nicht?" Er goss sich einen Kaffee ein und dachte nach. Da meldete sich sein Handy, und was er auf dem Display sah, ließ sein Herz höher schlagen: Raisas Nummer.

„Wo bist du? Ich muss dich unbedingt sehen. Dein Leben ist in höchster Gefahr. Wir müssen abhauen. Wüllner sieht rot!“ Seine Worte überschlugen sich förmlich.

„Wir werden uns nie mehr wiedersehen.“ Raisas Worte klangen kalt und ablehnend. „Denn ich habe meinen eigenen Weg gefunden.“

„Du glaubst doch nicht im Ernst, dass du ganz allein unserem alten Freund entkommen kannst, eher siehst du dich als Leiche im Stadtpark wieder! Wenn, dann schaffen wir es nur gemeinsam!“

„Vergiss es“, zischte Raisa in den Hörer. „Ich will mit dieser ganzen Sache und auch mit dir nichts mehr zu tun haben. Hör mir jetzt genau zu: Ich bin weg, aber damit ist es für mich noch nicht vorbei. Eines Tages werde ich dafür sorgen, dass alle, die ihr misshandelt und ausgenutzt habt, frei sein werden. Das schwöre ich dir, und dann lass ich Wüllner hochgehen und mit ihm das ganze andere Pack.“

„Du bist ja wahnsinnig“, erwiderte Kropp, doch Raisa hatte schon aufgelegt. Seine Gehirnwindungen mühten sich redlich, aber es wollte ihm kein vernünftiger Gedanke gelingen, was um alles in der Welt Raisa vorhatte. Allein war sie machtlos, dazu kannte er Wüllner viel zu gut. Kropp spürte, wie sich feine Schweißperlen auf seiner Stirn sammelten. „Wüllner hat mich auf seiner Liste, und das verspricht nicht gerade eine Einladung zu einer Party, eher zum finalen Countdown, und eigentlich hänge ich noch am Leben. Ich muss weg hier“, sagte er zu sich selbst. „Und wenn es sein muss, ohne Raisa.“

Schnell packte er die nötigsten Sachen zusammen und erkundigte sich per Internet nach Flügen in die Karibik. Saint Lucia war sein letzter Gedanke, als eine heftige Detonation sein Appartement erschütterte.

*

Wüllner hörte von der Gasexplosion im Radio. Na bitte, dachte er, auf meine neuen Partner ist wohl Verlass. Obwohl ihn selbst immer noch ein ungutes Gefühl beschlich, wenn er an das erste Treffen mit den Russen zurückdachte. Er hatte schließlich schon viele nette Zeitgenossen kennengelernt, aber Sergej und seine Freunde waren eine Welt für sich, unnahbar, arrogant und hochgradig aggressiv, das hatte er sofort gespürt.

Aber jetzt hatte er sich auf sie eingelassen und wollte diesen Weg zu Ende gehen. Bottrop würde noch vor ihm zittern. Schließlich gab es eine Sache, mit der ließ sich alles regeln: Geld!

Er hatte genug davon, und andere konnten nicht genug davon kriegen. Auf diese Weise hatte er, auch wenn es nach außen kaum jemand mitbekam, die Geschicke der Stadt mitbestimmt. Egal ob es um Baugrundstücke ging oder diverse Genehmigungen, Wüllner bekam sie. Wüllner, der geschätzte Unternehmer, ein Sohn der Stadt, wie es der Bürgermeister noch beim letzten Neujahrsempfang gesagt hatte.

Er war der Revierpate, und daran sollte sich nichts ändern. Ein Grinsen huschte über sein Gesicht.

*

Nachdem sie die ersten Eindrücke vom Mordfall der jungen Frau bekommen hatte, beschloss Staatsanwältin Ellen Schrader Hauptkommissar Bitze noch ein weiteres Mal zu sich zu bitten. Wie oft hatte sie sich in der Vergangenheit vorgestellt, wie schön es wäre, Bitze und seine oftmals blöden Sprüche zum Teufel zu jagen, aber dazu ließ es der Hauptkommissar nicht kommen, denn, und das musste auch Ellen Schrader einsehen, der Kerl machte seine Arbeit gut. Er hatte was, ... nur was, darüber war sie sich nicht im Klaren. Wieder musste sie an ihren Vater denken, der auch nach außen eine raue Schale hatte, aber eigentlich sehr empfindsam und zerbrechlich war.

Das Klopfen an der Tür riss sie aus ihren Gedanken.

„Kommen Sie rein, Herr Bitze“, bemühte sie sich völlig emotionsfrei das anstehende Gespräch zu beginnen.

Bitze nahm auf dem Stuhl vor ihrem Schreibtisch Platz und grinste sie, wie sie fand, einen Tick zu unverschämt an.

„Was verschafft mir erneut die Ehre?“ fragte er mit einem süffisanten Unterton in der Stimme.

„Diese tote Frau im Park, was können Sie zum jetzigen Zeitpunkt dazu sagen?“ Ellen Schrader musterte den Mann ihr gegenüber, und sie spürte eine leichte innere Verunsicherung.

Nein, dachte sie, ich darf mir nichts vormachen, aber diese Augen, tiefblau wie der Ozean und dieses markante Kinn, trotzig, maskulin, aber mit Lippen, die eigentlich sehr weich wirken, und dann dieser Ausdruck auf seinem Gesicht.

Bitze kniff die Augen zusammen und holte zu einer präzisen Antwort aus: „Nichts.“

„Nichts.“ Ellen Schrader konnte es nicht fassen. Das wagte er ihr zu sagen! „Was soll das heißen, nichts?“

„Das soll heißen“, erwiderte Bitze, „dass wir nichts haben, solange auch die Gerichtsmediziner, oder die Mordkommission wenig Genaues sagen können.“

„Eins ist sicher, es handelt sich um eine relativ junge Frau unbekannter Herkunft, denn sie hatte keine Ausweispapiere dabei. Ich vermute daher, dass sie vielleicht aus dem exklusiven Rotlichtmilieu stammen könnte, und wenn dem so ist, dann haben wir ein echtes Problem, meine liebe Frau Staatsanwältin, denn was das angeht, da habe ich mehrere Dorne im Auge, und einer davon heißt sicherlich Wüllner, aber das brauche ich Ihnen ja wohl nicht genauer zu erläutern.“

Seit Jahren war es Wüllner, dieser Ehrenmann, der Staatsanwaltschaft und Polizei auf Trab hielt, und Ellen Schrader wünschte sich nichts sehnlicher, als endlich seinen Kopf auf einem silbernen Tablett. So ein Erfolg würde sie auf der Karriereleiter weiter nach oben klettern lassen.

Bitze bemerkte den veränderten Gesichtsausdruck der Staatsanwältin, und er glaubte zu ahnen, was sie dachte. Aber er lag falsch.

In Wahrheit dachte Ellen Schrader darüber nach, was sie von Hauptkommissar Bitze eigentlich wusste. Es war nicht viel, musste sie sich eingestehen. Ein Einzelgänger, der schon seit Jahren draußen in Kirchhellen in einem kleinen umgebauten Kotten wohnte, soweit sie informiert war allein, denn seine Frau, das hatte ihr Kommissar Beckbach vor kurzem erzählt, hatte ihn vor einigen Jahren für einen Immobilienmakler verlassen, was zu einer ziemlich heftigen depressiven Phase des Hauptkommissars geführt hatte, während der er noch schlechter zu genießen war als normalerweise.

Sie wusste, wie ihr Vater gelitten hatte, nachdem ihre Mutter ihn verlassen hatte.

„Gut“, unterbrach Bitze den Moment der Stille, „ich werde mich mal in die Gerichtsmedizin begeben, vielleicht haben die Kollegen ja schon etwas mehr für uns. See you my lady.“ Und mit diesen Worten war er zur Tür heraus.

My Lady, dachte Ellen Schrader und schaute Bitze nachdenklich hinterher.

*

Nach einem eher überflüssigen Gespräch mit Doktor Weidenbach, der gerade dabei war, sich ein näheres Bild über die aufgefundene Frau zu machen, hatte sich Bitze auf den Weg nach Hause gemacht. Draußen in seinem alten Bauernhaus am Rande Kirchhellens würde er versuchen, den heutigen Tag in Ruhe zu sortieren.

Das Ganze bei einem kalten Fläschchen Iserlohner. Er liebte das Pilsbier aus dem Grüner Tal am Rande des Sauerlandes über alles, und sein Getränkemarkt sorgte einmal im Monat dafür, dass ein Kasten für ihn bereitstand.

Bitze war ziemlich klar, dass es sich bei der ermordeten Frau nicht um eine betrogene Ehefrau handelte oder das zufällige Opfer eines Triebtäters. Sein Riecher sagte ihm, dass es sich um eine Vertreterin der anschaffenden Zunft handelte. Er erinnerte sich an die Ausführungen seiner Lieblingsanwältin, die auf eine Veränderung im Rotlichtmilieu hingewiesen hatte. Dabei war es um die Verschiebung der exklusiven Nachtklubszene von Ost nach West gegangen. Also weiter in den Bereich Bottrop/Oberhausen. Wenn sie das tat, dann musste sie schon sichere Hinweise haben. Nach denen würde er sie morgen fragen, das war für ihn so sicher wie das Amen in der Kirche.

Aber welche Rolle spielte Wüllner in diesem Spiel?

Er hatte doch sein Imperium längst errichtet. Eigentlich hatte Bitze vermutet, dass Wüllner sich langsam, aber sicher zurückziehen und alles Kropp, seinem Stiefellecker, übertragen würde.

Lag da etwa mehr in der Luft? Dann war da noch die Gasexplosion in der Orthbergstraße, ganz in der Nähe des Fundorts. Irgendwas stimmte da nicht. Vielleicht hatte sein Freund Kemmerling, der Starreporter der WAZ, mehr Informationen. Bitze griff zum Telefon und wählte dessen Nummer. Wenn irgendwo irgendetwas passierte, Bruno Kemmerling war da, oder er wusste es bereits vorher.

Kemmerling meldete sich mürrisch wie immer.

„Bitze, Kirchhellen."

Für einen Moment war es ganz ruhig.

„Drah die net um, schau schau, der Kommissar geht um." Kemmerling liebte es, mit diesem alten Falko-Klassiker Bitze jedes Mal die Zehennägel in die Höhe zu treiben, zumal er es noch in seiner ureigensten Ruhrpottart sang.

„Lass den Firlefanz", sagte Bitze und kam zum Wesentlichen: „Hör zu, Bruno, die Gasexplosion in Bottrop, was weißt du?"

„Eigentlich eine eher unspektakuläre Geschichte auf den ersten Blick, wenn ich da nicht einen bestimmten Namen auf den Resten der Klingelknöpfe gesehen hätte. Rein zufällig natürlich, und dreimal darfst du raten, Bitze, welcher Name das war."

„Nun sag schon."

„Also gut." Kemmerling legte eine kleine Pause ein. „Ich sag's dir, und dann kommst du! Kropp, Felix Kropp, und keinen Dank dafür, Herr Hauptkommissar."

„Danke", murmelte Bitze und legte auf.

Was war da los? Kropp in die Luft gejagt. Kropp, die rechte Hand des Revierpaten Josef Wüllner. Bitze konnte sich überhaupt keinen Reim darauf machen, und dabei war er sicher gewesen, einen

Zusammenhang zwischen der Toten im Park und der Explosion zu vermuten.

*

Köhne war schlechtgelaunt, als er seinen Lkw auf dem Speditionsgelände abstellte.

Sein Chef, Karl Langerhaus, kam direkt auf ihn zu. „Gut, dass du kommst, ich habe eine wichtige Tour nach Holland."

„Wohin soll's denn gehen?" fragte Köhne, dem beim Wort Holland sofort wieder Raisa einfiel.

„Utrecht", sagte Langerhaus, „du kannst gleich laden, und sieh zu, dass du am Nachmittag da bist."

„Geht in Ordnung", antwortete Köhne und beschloss bei der Gelegenheit einen Abstecher nach Amsterdam zu machen. Aber das sagte er seinem Chef nicht.

Eine halbe Stunde später war er auf der A3 Richtung Wesel. In seinem Kopf hatte er nur einen Gedanken: Raisa! Ich muss sie finden. Ich weiß, dass sie mich braucht und dass ich ohne sie nicht mehr leben möchte. Aber momentan schien sie ihm so weit weg wie Bottrop vom Grand Canyon.

„Du bist das Beste, was mir je passiert ist", klang es aus seinem Radio, und Köhne wusste, dass es genauso mit ihm und Raisa war. Als er die holländische Grenze passierte, hatte er seine Entscheidung getroffen: Ich werde Amsterdam nicht eher verlassen, bis ich sie gefunden habe. Er dachte nicht mehr an die Tote vom Stadtpark, denn er spürte es genau, dass Raisa noch lebte, und er würde sie finden. Der Auftrag in Utrecht war schnell erledigt, und am späten Nachmittag erreichte er Amsterdam.

Ziellos fuhr er durch die Straßen, keine Spur von Raisa.

Als er Amsterdam Richtung Norden verließ, stockte ihm plötzlich der Atem. Nur wenige Meter vor ihm sah er sie.

Sie hatte ihr Äußeres verändert, aber er erkannte sie sofort, und eine Woge der Erleichterung durchflutete seinen Körper. Sie stieg in einen silbernen BMW, und Köhne konnte nichts daran ändern. Aber er hatte sie gesehen und wusste, dass sie lebte und Richtung Norden unterwegs war.

Mit dem Lkw kam er hier nicht weiter, und Langerhaus hatte ihn schon dreimal angefunkt, ob er nicht bald mal zurückkommen würde. Dabei hatte sein Chef sich keineswegs freundlich angehört. Schweren Herzens beschloss er, zunächst zurück nach Bottrop zu fahren.

Er überlegte, wie viele Urlaubstage er wohl noch hatte, schon lange hatte er keinen mehr beansprucht. Ich werde den Chef noch heute fragen, dachte er, und dann werde ich nach Holland fahren, bis ans Meer.

*

Raisa war es nicht leicht gefallen, Köhnes Wohnung im Morgengrauen schnell und leise zu verlassen.

Irgendwie mochte sie diesen Typen. Sie hatte ihm eine Nachricht hinterlassen, in der Hoffnung auf sein Verständnis.

Zum ersten Mal seit langer Zeit hatte sie sich zu Hause gefühlt. Aber ihr war klar, dass es für sie keine Zukunft in Bottrop und Umgebung geben würde, und da hätte ihr auch der freundliche Trucker nicht helfen können. Aber tief im Innern spürte sie, dass er sie mit Sicherheit so leicht nicht aufgeben würde, und insgeheim hoffte sie es sogar. Vielleicht wird es ja irgendwann für uns eine Zukunft geben, dachte sie, als sie im Taxi saß und sich zum Bahnhof nach Oberhausen bringen ließ

Im Autoradio hatte sie von der Explosion und der Toten in Bottrop gehört, und sie ahnte, wer dahintersteckte.

Erst im Zug nach Amsterdam war sie dann ruhiger geworden, und es gelang ihr, sogar ein wenig zu schlafen.

Sie musste lächeln, als sie an ihr Telefonat mit Kropp dachte. Natürlich hatte sie übertrieben, denn sie wusste, dass sie es nie und nimmer allein mit Wüllner aufnehmen konnte. Aber vielleicht würde sie ihre Chance bekommen, den Frauen zu helfen, die Wüllner mit Hilfe der Russen aus dem Osten lockte, um sie dann in zwielichtigen Bars für sich arbeiten zu lassen. Wissen und Informationen hatte sie genug.

Doch zunächst musste sie sich in Sicherheit bringen, weit weg von Bottrop und Josef Wüllner, und dann würde sie ihre nächsten Schritte planen.

Dabei war Amsterdam für sie nur eine Durchgangsstation, denn am liebsten wollte sie ans Meer, wo sie hoffte, die nötige Ruhe zu finden, um ihr Leben neu zu ordnen.

In Amsterdam angekommen, kleidete sie sich neu ein, ließ sich eine andere Frisur verpassen, und nach knapp zwei Stunden fühlte sie sich wie neugeboren.

Selbst mein sympathischer Trucker würde mich so wohl nicht erkennen, dachte sie und wusste nicht, ob sie sich darüber wirklich freuen sollte.

So machte sie sich auf den Weg zu einer der vielen Ausfahrtstraßen Amsterdams, um vielleicht eine Mitfahrgelegenheit ans Meer zu finden, für einen Mietwagen würde ihr Geld nicht reichen.

Es dauerte nicht lange, und ein silberner BMW mit holländischem Kennzeichen hielt an.

Für einen Moment zögerte Raisa, und die alte Angst stieg wieder in ihr hoch, doch als sie in das Wageninnere blickte, erschien ihr der Fahrer, ein sympathischer Endfünfziger, nett und unbedrohlich. Beim Einsteigen allerdings zuckte sie leicht zusammen, denn aus den Augenwinkeln hatte sie in einiger Entfernung einen Lastwagen mit Bottroper Kennzeichen gesehen, der ihr sehr bekannt vorkam und dem sie am liebsten entgegengelaufen wäre, doch konnte und wollte sie es in diesem Moment nicht.

„Goede middag“, begrüßte sie der BMW-Fahrer freundlich, und in diesem Augenblick fühlte Raisa, dass sie für den Moment alles richtig gemacht hatte.

Und sie hatte Glück, denn der BMW war auf dem Weg nach Bergen aan Zee, und genau da wollte sie hin.

*

Inspektor Snijder war von seiner Amsterdamer Dienststelle wegen einer Drogengeschichte zur Küste unterwegs, hatte die junge Frau am Fahrbahnrand gesehen und es für besser gehalten anzuhalten, bevor es andere, mit nicht immer liebenswerten Absichten, getan hätten. Er beobachtete seinen Fahrgast aus dem Augenwinkel, und je länger sie fuhren, desto klarer wurde ihm, dass diese zugegeben hübsche junge Frau, deren Gesichtszüge ihre slawische Herkunft preisgaben, einen gehetzten Eindruck machte. Dabei fiel ihm ein, dass er erst vor einiger Zeit ein Fax in seinem Amsterdamer Büro auf den Schreibtisch bekommen hatte, in dem auf die Ausdehnung des Handels mit Frauen aus den osteuropäischen Ländern hingewiesen wurde.

In den meisten Fällen wurden die Frauen zur Prostitution gezwungen und konnten nur selten aus diesem Teufelskreis ausbrechen. Vielleicht war die junge Frau, die neben ihm in seinem BMW saß, eine von denen, die es geschafft hatten. Vielleicht würde es ihm ja während der Fahrt gelingen, etwas mehr von ihr zu erfahren.

*

Raisa betrachtete den Mann an ihrer Seite. Zum zweiten Mal hatte sie scheinbar Glück gehabt. Zuerst der Lkw-Fahrer, der sie so freundlich aufgenommen hatte und ihr sogar nachgefahren war, denn es war eindeutig sein Lkw gewesen, den sie in Amsterdam gesehen hatte. Sie musste lächeln, als sie an ihn dachte und spürte eine leichte Sehnsucht nach ihm.

Der Mann im BMW strahlte eine wohltuende Ruhe aus, und je weiter sie nach Norden fuhren, desto entspannter wurde sie. Für einen kurzen Augenblick war sie sogar eingeschlafen.

„Na, wieder wach?“ bemerkte ihr Fahrer mit seinem untrüglichen holländischen Akzent, den sie sehr amüsant fand. „In einer halben Stunde sind wir in Bergen, da endet meine Fahrt. Wenn Sie wollen, frage ich bei einer alten Freundin nach, ob sie ein Zimmer in ihrer Pension frei hat. Da könnten Sie dann erst mal bleiben. Oder hatten Sie vor, noch weiter nach Norden zu fahren?“

Raisa hatte sich noch gar keine konkreten Gedanken gemacht, wie es weitergehen sollte, aber das Angebot war sehr verlockend.

„Wenn Sie das für mich tun würden ..." Raisa warf ihrem Begleiter einen dankbaren Blick zu. „Warum machen Sie das für mich?" Sie hatte lange überlegt, ob sie diese Frage stellen sollte.

„Warum mache ich das? Ich will offen mit Ihnen reden." Zum ersten Mal sprach er Raisa direkt an. „Wovor laufen Sie davon?"

Raisa zuckte leicht zusammen. Wie hatte er das erkannt? Sie hatte sich doch völlig unauffällig verhalten. War er etwa doch einer von denen? Für einen Moment bekam sie Angst, dass gleich alles vorbei war.

„Keine Angst", beruhigte er sie, „wenn ich kann, will ich Ihnen helfen. Ihre Geschichte interessiert mich, denn ich glaube zu wissen, wovor Sie davonlaufen."

„Sie sind von der Polizei?"

„Bingo", antwortete Snijder. „Inspektor Wim Snijder von der Reichspolizei Amsterdam. Und Sie?"

„Raisa, einfach nur Raisa", antwortete sie.

„Okay, Raisa. Ich bringe Sie zu Tine in die Pension, und da sind Sie auf jeden Fall in Sicherheit. Wenn Sie wollen, können Sie mit mir reden. Ich bin bis morgen Abend in Bergen, dann muss ich zurück. Vielleicht kann ich Ihnen helfen, aber das müssen Sie für sich entscheiden."

„Danke", murmelte Raisa und war erleichtert.

Als sie wenig später Bergen erreichten, hatte Raisa ihm ihre Geschichte erzählt. Snijder hatte genau zugehört, einige Zwischenfragen gestellt, und vieles kam ihm sehr bekannt vor. Schon seit langem hatte er von den Aktivitäten der Russen in Westeuropa gehört, und es würde nicht mehr lange dauern, dann hatten sie auch sein Land erreicht.

Endlich hatte er aber konkrete Hinweise, und er musste unbedingt mit seinen Kollegen in Bottrop Kontakt aufnehmen. Außerdem musste er dafür sorgen, dass diese wichtige Zeugin in Sicherheit war.

„Da vorn ist Tines Pension." Snijder zeigte zu einem kleinen gepflegten Häuschen mit Vorgarten. „Von oben hast du einen wunderschönen Blick auf das Meer und den Strand."

Raisa gefiel das Haus, und sie hoffte, fürs Erste hier unterzukommen. Tine Jongbloed begrüßte Inspektor Snijder äußerst freundlich und machte ihm deutlich, dass es eine große Freude für sie sei, ihm helfen zu können, denn sie hatte tatsächlich ein Zimmer im Obergeschoss frei. Snijder hatte nicht zu viel versprochen. Die Aussicht war fantastisch. Raisa war glücklich, obwohl sie ihren Brummifahrer vermisste. Sie hatte ihn noch nicht mal nach seinem Namen gefragt. Aber sie hatte Inspektor Snijder alles gesagt, was sie wusste.

Endlich fühlte sie sich wieder frei.

Und jetzt würde es diesem Abschaum an den Kragen gehen. Sie hoffte, dass es für viele ihrer Freundinnen nicht zu spät war, und legte sich aufs Bett. Kurz danach war sie fest eingeschlafen.

*

Staatsanwältin Ellen Schrader hatte beschlossen, den Abend in ihrer Lieblingsbar Bei Gino zu verbringen.

Das Gespräch mit Bitze hatte sie nicht gerade aufgeheitert, und sie freute sich auf einen Cocktail und den blassen Pianospieler, der wie kein Zweiter den Blues spielte und gedankenverloren zum Ausdruck brachte, auch ein vom Leben Gestrafter zu sein.

Sie mochte nicht nur sein Pianospiel, sondern auch seinen sehnsuchtsvollen Blick. „Sing us the song, you're the piano man" ... Vielleicht würde sie sich heute mal wieder den alten Billy Joel Song wünschen. Das tat sie jedes Mal, wenn sie spürte, in ihre Herbstzeitstimmung zu verfallen.

Die Bar war kaum gefüllt, und der Pianospieler zauberte gerade melancholische Töne auf seinen Tasten. Ellen Schrader wischte den Gedanken an Bitze schnell weg, bestellte sich einen Cocktail und gab sich dem Blues hin. Heute würde sie keinen klaren Gedanken mehr fassen können, stellte sie fest. Dankbar warf sie dem Pianomann ein Lächeln zu, zahlte und machte sich auf den Heimweg.

Der zweite Tag

Josef Wüllner genoss sein Frühstück. Gute Nachrichten aus der Zeitung sorgten bei dem beleibten Unternehmer für gute Laune. Seine neuen Freunde schienen recht tüchtig und konsequent zu sein. Kropp hatte das als Erster zu spüren bekommen, und als Nächstes sollte Raisa merken, dass mit ihm nicht mehr zu spaßen war.

Er hatte am Abend alle Quellen angezapft, doch keiner hatte Raisa gesehen, und die Tote im Park, das wusste er, war auch nicht Raisa.

Sie hätte es eigentlich sein sollen, aber da hatten seine Freunde einen Fehler gemacht. Pech für die arme Katinka. Aber Opfer gehörten nun mal zu seinem Geschäft. Sein Problem lief also noch in der Stadt herum, aber das sollte sich bald ändern, beschloss er grimmig.

Doch alles nach dem Frühstück. Dann war es an der Zeit, mal wieder Kontakt zu seinem neuen Freund Sergej aufzunehmen, der sich um die Angelegenheit mit Raisa kümmern würde.

Pünktlich um elf klingelte an der Tür. Charles, sein treuer Dobermann, schlug sofort an. „Aus, Charles!“ befahl Wüllner mit scharfer Stimme, und der Hund gehorchte sofort.

Sergej Robotnikov war mit zwei Männern, die beide locker Werbung für alle Fitnessstudios des Ruhrgebiets machen konnten, gekommen. Charles knurrte leise, doch ein strenger Blick seines Herrn ließ ihn verstummen.

„Nach oben!“ befahl Wüllner seinem Hund, und der Dobermann verschwand augenblicklich.

„Gut erzogen, das Tier“, meinte Sergej. „Meine Anerkennung, mein Freund, aber so muss es auch sein, nicht wahr, Männer?“ Seine Begleiter nickten.

Wüllner führte seine Gäste ins Wohnzimmer.

Robotnikov musterte den Palast seines neuen Partners, und seine Begleiter bemerkten das Funkeln in seinen schmalen stahlblauen Augen, die an Eiseskälte kaum zu überbieten waren.

„Den ersten Teil des Plans haben wir umgesetzt“, begann Sergej Robotnikov das Gespräch und beugte sich zu Wüllner: „Jetzt kommt dein Teil des Beitrags.“

Mit einem Lächeln öffnete Wüllner den Koffer, der neben ihm stand. „Fünfzigtausend Dollar, wie vereinbart.“

„Nicht schlecht, mein Freund.“ Robotnikov grinste. „Aber nicht genug. Ich will noch mal so viel und für meine Freunde hier eine Extraprämie von zwanzigtausend, als kleines Taschengeld.“

Wüllner wurde blass. Damit hatte er nicht gerechnet, und er überlegte, wie er aus dieser Nummer wieder herauskommen könnte. Vielleicht war es doch ein Fehler gewesen, Kropp eliminieren zu lassen. Jetzt stand er allein diesen eiskalten Killern gegenüber, die das Wort Gnade kurz nach ihrer Geburt aus ihrem Wortschatz gestrichen hatten.

„Gut, mein Freund, da sehe ich kein Problem.“ Wüllner spielte den Gelassenen und nahm sich vor, die drei beim nächsten Mal Charles zum Frühstück zu servieren.

„Dann lasst uns darauf trinken!“ Sergej Robotnikov war gutgelaunt. „Du hast doch bestimmt einen guten Tropfen im Haus“, meinte er zu Wüllner.

Nur keinen Fehler machen, dachte Wüllner und öffnete seine letzte Flasche Perrier-Jouët, die er vor einigen Jahren von einem französischen Champagnerlieferanten bekommen hatte.

„Auf das Leben!“ Robotnikov hob sein Glas, und alle prosteten sich zu. „Und morgen früh holen wir uns dann den zweiten Koffer“, meinte er und lachte schallend.

Wüllner lachte mit, obwohl er sich in Gedanken dafür auspeitschte, jemals mit den Russen in Kontakt getreten zu sein. Mit „Nastrowje moj drug“, den einzigen russischen Wörtern, die er kannte, stieß er auf das Wohlergehen aller Beteiligten an. Jetzt hatte er zwei Probleme. Die Russen und Raisa. Im Moment fiel ihm keine Lösung ein.

„Also dann, bis morgen.“ Sergej Robotnikov verabschiedete sich fröhlich von Wüllner, und im Nu waren er und seine Begleiter verschwunden.

Zurück blieben Wüllner und Charles, der eine nachdenklich, der andere hungrig, wobei das Letztere das kleinste Problem war, denn der goldene Napf in der Küche wartete schon auf den Dobermann.

*

Köhne verließ das Büro seines Chefs und war glücklich.

Zwei Wochen Urlaub, obwohl Langerhaus gemeint hatte, dass er ihn nur schwer ersetzen könne. Doch der Urlaub stand ihm zu, und schließlich hatte Köhne seinen Chef überzeugt, dass er diese Tage jetzt unbedingt brauche, um eine wichtige persönliche Angelegenheit zu klären.

Mehr hatte er dazu nicht gesagt, und mehr wollte er dazu auch nicht sagen. Zu Hause packte er hastig seine Reisetasche, rief kurz bei seiner Mutter an und erklärte ihr, dass er für ein paar Tage verreisen würde. Nur eine Stunde später saß er in seinem Corsa Richtung Niederlande.

So schnell wie möglich wollte er Richtung Norden, denn was er in Amsterdam gesehen hatte, war eindeutig genug.

Raisa war in einen BMW gestiegen, der Amsterdam Richtung Norden verlassen hatte. Anscheinend wollte sie an die Küste.

Hoffentlich kam er nicht zu spät, denn dass sie in ein unbekanntes Auto mit holländischem Kennzeichen gestiegen war, trug nicht gerade zu seiner Beruhigung bei. Ich werde alle Küstenorte abklappern, bis ich sie finde, hatte er sich geschworen.

Kurz hinter Emmerich begann es zu regnen, und das monotone Wischen der Wischblätter passte zu den Gedanken, die ihn beschäftigten.

*

Als Hauptkommissar Bitze an diesem Morgen sein Büro betrat, lag eine Kopie vom Bericht des Gerichtsmediziners auf seinem Schreibtisch. Bei der Toten handelte es sich um eine Frau Mitte zwanzig, Herkunft wahrscheinlich Osteuropa, und es hatte kurz vor ihrer Ermordung noch Geschlechtsverkehr gegeben, das hatten die Spermaspuren ergeben. Sie war mit einem harten Gegenstand, vermutlich einem Baseballschläger, erschlagen worden, anschließend hatten der oder die Täter mit einer Rasierklinge das Gesicht verstümmelt. An den Handgelenken hatte man Spuren gefunden, die darauf hinwiesen, dass die Frau vor ihrer Ermordung gefesselt worden war. Wahrscheinlich hatte man versucht, ihr auf gewaltsame Art Informationen zu entlocken. Alles deutete darauf hin, dass der oder die Täter äußerst brutal und professionell vorgegangen waren.

Bitze überlegte, wann er das letzte Mal mit so einem Sachverhalt konfrontiert worden war. Das Bottroper Rotlichtmilieu war bisher in Wüllners Hand gewesen, und es hatte, außer ein paar Schlägereien selten Vorfälle gegeben.

Aber jetzt die tote Frau und die Explosion, die Kropp ausgelöscht hatte. Irgendwas läuft hier anders, ging es ihm durch den Kopf, und er beschloss, zunächst mit Ellen Schrader darüber zu reden, auch wenn er sich etwas Schöneres vorstellen konnte. Andererseits, hässlich ist sie ja auch nicht gerade, dachte Bitze mit einem süffisanten Lächeln auf seinen Lippen. Vielleicht sollte ich sie einmal zu einem „Breakfast in America“ einladen? Mit diesem Song im alten Peugeot war er heute Morgen an der Dienststelle angekommen.

„Schönen guten Morgen, junge Frau“, begrüßte er Ellen Schrader leicht überschwänglich, als er sie auf dem Flur traf.

„Gibt's was Neues?“ grummelte sie zurück.

„Na, da ist aber jemand mit dem falschen Bein aufgestanden.“ Bitze überlegte, ob er jetzt überhaupt das Gespräch suchen sollte. Wenn Ellen Schrader diesen Gesichtsausdruck spazieren trug, und das wusste er aus Erfahrung, war es besser einen riesengroßen Bogen um sie zu machen. Ohne ein weiteres Wort zu sagen, ging Bitze zum Kaffeeautomaten und zog sich erst mal einen Cappuccino. Gut, dass in diesem Moment sein Assistent Beckbach durch die Eingangstür kam. „Becki, es gibt Neuigkeiten“, rief er ihm zu, dirigierte ihn in sein Büro und ließ Ellen Schrader kopfschüttelnd zurück.

Beckbach hatte den Bericht studiert.

„Und nun?“ fragte er.

„Wir sollten Wüllner mal wieder einen kleinen Besuch abstatten, auch wenn ich diese Ratte am liebsten nur von ganz weit hinten sehe“, meinte Bitze. „Also auf in die Höhle des Löwen.“

Bitze sprühte vor Tatendrang und hatte endlich das Gefühl, dass Bewegung in die Sache kam. Danach würde er Ellen Schrader einbeziehen, nicht nur hinsichtlich des Frühstücks.

Bitze war sich sicher, dass Wüllner genau wusste, was in Bottrop lief. Als sie vor der protzigen Villa des Unterweltkönigs anhielten, waren sie wieder mal erstaunt darüber, wie es Wüllner bis hierher geschafft hatte. Das ein oder andere Mal hatten sie ihn ja fast schon am Haken, aber Wüllner konnte immer entkommen oder sich freikaufen. Bitze dachte an die Callgirlaffäre von Stadtrat Körner, als von Dudenhofen, Wüllners Anwalt, die Sache elegant ins Reine gebracht hatte und Wüllner kurze Zeit später die Sanierung des Sportzentrums zugesprochen bekam. Bitze war davon überzeugt, dass Wüllner der Initiator der Sache gewesen war. Es war wie verhext! Diesmal war die Sache allerdings anders. Es hatte einen brutalen Mord gegeben. Und auf eines war Bitze besonders gespannt: Warum hatte es Kropp erwischt? Felix Kropp, den er eigentlich als Wüllners Nachfolger auf seiner Liste hatte. Was war da los?

Sie hatten kaum geklingelt, da war auch schon das wütende Bellen von Wüllners Dobermann zu hören.

„Ach ja, der Scheißköter ist ja auch noch da“, stöhnte Beckbach.

„Wenn er uns blöd kommt, knall ich ihn ab“, erwiderte Bitze, ohne wirklich daran zu glauben.

Nach einiger Zeit wurde die Tür geöffnet, und Wüllner war sichtlich erstaunt, die beiden Kriminalbeamten zu sehen.

„Hauptkommissar Bitze und Gefolge, was verschafft mir die Ehre?“

Bitze glaubte eine leichte Unruhe ins Wüllners Stimme und Gesicht zu entdecken.

„Na, Wüllner", begann Bitze die Unterhaltung, „was geht ab in Bottrop?"

„Was soll schon abgehen?" Wüllner spielte auf Zeit. „Alles ruhig, wie immer."

„Hör auf, mich zu verarschen." Bitzes Stimme war um eine Nuance schärfer geworden. „Du weißt doch genauso wie ich von der Toten im Park, von Felix Kropp ganz zu schweigen."

Das saß. Wüllner verzog für einen kurzen Moment das Gesicht.

„Wenn Kropp in die Luft gejagt wird, ist hier nichts mehr normal und ruhig, alles andere kannst du deinem blöden Dobermann erzählen." Bitze trat ganz dicht an Wüllner heran. „Also, komm schon, Wüllner, wer treibt hier seine perversen Spielchen, vielleicht sogar auch schon mit dir?"

„Ich weiß gar nichts." Damit war für Wüllner das Gespräch scheinbar beendet.

„Komm, Becki, wir gehen."

Beckbach sah Bitze überrascht an.

„Wüllner hat Druck, das spüre ich." Bitze startete seinen alten Peugeot und freute sich einen Moment über Supertramps „Fools Overture" aus seiner Anlage. Er drehte die Lautstärke etwas leiser. „Irgendetwas ist hier anders im Spiel, und die Karten wurden augenscheinlich neu gemischt. Nur, wer mischt hier mit wem? Das, Becki, müssen wir rauskriegen."

Bitze spürte einen schon lang nicht mehr vorhandenen Elan. Jetzt ist es an der Zeit, die Schrader einzuweihen, vorausgesetzt, sie ist ansprechbar. Er lächelte bei diesem Gedanken.

*

Köhne hatte am Nachmittag das kleine Städtchen Bergen aan Zee erreicht und in einer kleinen Pension eingecheckt.

Der strahlendblaue Himmel lud zu einem Spaziergang ein, und er beschloss einen Gang zum Strand zu unternehmen. Das Rauschen des Meeres beruhigte ihn. Er begann über die Situation nachzudenken. Was machte er hier überhaupt? Bildete er sich etwas ein?

Nein, Raisa war Realität gewesen, seine Realität. Er wollte mit ihr weiterleben. Dafür war er bereit alles zu geben. Seine innere Stimme gab ihm Zeichen, dass sie gar nicht so weit von ihm entfernt war. Köhne liebte die kleinen Bars und Cafés am Strand. Dort hatte er einen schönen Blick aufs Meer, und der Wind von der See wehte ihm ins Gesicht.

Er bestellte sich ein Heineken mit Genever und dachte über sein weiteres Vorgehen nach. Sicherlich war es hier in Bergen sehr schön und erholsam, aber sein Aufenthalt hatte ja einen anderen Grund. Er wusste aber nicht, wo er zu suchen anfangen sollte. War Raisa überhaupt hier? Köhne schloss für einen Moment die Augen und genoss die Melodie der Wellen. Er stellte sich vor, irgendwann mit Raisa hier zu sitzen. Dieser Gedanke ließ eine warme Welle durch seinen Körper strömen.

Genau deshalb war er hier, und er wollte seine Mission erfolgreich zu Ende bringen.

Der dritte Tag

In Bottrop

Es regnete, als Hauptkommissar Bitze und sein Assistent Beckbach am frühen Morgen ihr Dienstgebäude betraten. Erst noch einen Kaffee oder direkt zu Ellen Schrader? Sie entschieden sich für den Kaffee. Beckbach zog zwei Tassen am Automaten, und sie zogen sich in Bitzes Büro zurück. Der Kaffee war schwarz und stark und beschleunigte Bitzes Tatendrang zusätzlich. Noch so einen Kaffee, und er würde die Staatsanwältin womöglich attraktiv finden, obwohl er dafür eher einige Flaschen Iserlohner vernichten müsste.

Also beließ er es bei einem Kaffee.

„Nun denn, Becki, Frau Staatsanwältin, wir kommen!“

Hoffentlich entsprach das Wetter nicht der Laune seiner besten Freundin. Aber das war ihm heute auch egal, denn er wusste, dass er endlich eine Fährte aufgenommen hatte. Er hatte Wüllners Nervosität deutlich gespürt.

Sein Telefon klingelte. „Scheinbar kann sie es nicht abwarten“, meinte er zu seinem Assistenten.

Doch es war nicht Ellen Schrader, sondern eine Stimme, die er nicht kannte. „Snijder, Amsterdam, spreche ich mit Hauptkommissar Bitze?“

„Bitze, Bottrop“, erwiderte er mürrisch, denn er hatte sich gerade auf die Staatsanwältin fokussiert.

„Entschuldigen Sie die Störung, aber ich hätte da interessante Neuigkeiten für Sie.“

Bitze wurde hellhörig. Irgendwie kam ihm der Name bekannt vor. War das nicht der holländische Kollege mit dem er das Seminar über grenzüberschreitende Kriminalität gemacht hatte?

„Oh, pardon, Kollege Snijder, ich brauche heute etwas länger, aber jetzt weiß ich wieder, wo ich Sie hinstecken muss.“ Als er nach einer Viertelstunde den Hörer wieder auflegte, war er leicht blass geworden.

„Was ist los?“ fragte Beckbach.

„Die Kacke dampft, und zwar ganz gewaltig“, murmelte Bitze und fügte leise hinzu: „Die Russen.“

Erst kürzlich hatten sie über das Geschäft mit russischen Frauen gesprochen. So etwas konnten sie sich in Bottrop eigentlich nicht vorstellen.

„Es hilft nichts, wir müssen mit Ellen Schrader sprechen.“ Bitze war fest entschlossen, dies jetzt zu tun.

„Herein“, ertönte die Stimme der Staatsanwältin, nachdem Bitze zurückhaltend an die Tür zu ihrem Büro geklopft hatte. Bitze und sein Assistent Beckbach betraten das schlichte Zimmer. Ellen Schrader saß hinter ihrem Schreibtisch und telefonierte. Mit einer Kopfbewegung, die Bitze – und er ertappte sich bei diesem Gedanken – irgendwie erotisch fand, bedeutete sie den beiden Männern, sich zu setzen. Draußen regnete es immer noch in Strömen. Bitze summte leise die Melodie von „It's raining again“ vor sich hin. Dann hatte die Staatsanwältin ihr Gespräch beendet.

„Und, meine Herren, was gibt es Neues zu berichten?“

In knappen Worten erzählte Bitze ihr vom Telefonat mit seinem niederländischen Kollegen und der daraus resultierenden Gewissheit, dass seit Neuestem die netten Herren aus Russland tatsächlich ihre Finger in den Geschäften mit den Liebesdiensten der Bottroper hatten. Die Informationen, die Inspektor Snijder von einer jungen Frau bekommen hatte, waren eindeutig.

Die Frau war bis vor kurzem die Nummer Eins in Wüllners Ranking gewesen, und irgendwie war es ihr gelungen, sich rechtzeitig abzusetzen. Sie wusste alles über die Geschäfte, die Wüllner mit einem Mann namens Robotnikov machte. Bitze war sich ziemlich sicher, dass mittlerweile besagter Robotnikov versuchte, die alleinige Macht an sich zu reißen. Nicht umsonst hatte Wüllner bei ihrem Besuch so verunsichert gewirkt. Natürlich würde es schwierig sein, an Robotnikov heranzukommen, und wenn, dann wohl nur über Wüllner.

„Haben Sie denn schon eine Idee?“ Ellen Schrader sah die beiden Kommisare erwartungsvoll an.

„Sie?“ fragte Bitze zurück und bereute es sofort. Aber Ellen Schrader reagierte nicht auf seine Antwort, sondern gab ihnen zu verstehen, mit äußerster Sorgfalt an die Sache heranzugehen, wobei sie mit ihrer vollsten Unterstützung rechnen konnten. Bitze war perplex, so hatte er sie ja noch nie erlebt, und zum ersten Mal hatte er das Gefühl, dass hinter der spröden Fassade eine leidenschaftliche Frau lauerte. An der Tür warf er ihr noch einen schnellen Blick zu und eilte mit Beckbach in sein Büro.

„Jetzt brauche ich erst mal einen Kaffee“, meinte Bitze zu seinem Kollegen. Ellen Schrader hatte ihn tatsächlich verwirrt, und für einen Moment fühlte er sich in seinen Lieblingssong Dreamer versetzt: „Dreamer, stupid little dreamer“, sang er vor sich hin.

„Oh, der Hauptkommissar bei einem seiner Lieblingssongs?“

„Genau Becki, welches Album?“

„‚Crime of the century‘.“

„Gut, der Kollege passt auf und scheint zu lernen.“ Für einen kurzen Moment mussten beide schmunzeln, aber dann wurde Bitze ernst. „Lass uns einmal zusammenfassen, was wir haben. Eine Tote, wahrscheinlich Russin und als Prostituierte in Bottrop, einen toten kleinen Gangster, warum auch immer, einen Big Boss, dem der Arsch auf Grundeis geht, und im Hintergrund sowjetische Freunde, die scheinbar alles versuchen, ihr mieses Imperium im Westen auszubauen und dabei hart, brutal und rücksichtslos vorgehen. Und eine Frau Staatsanwältin, die mir zum ersten Mal freundlich begegnet ist. Bleibt die Frage: Was kommt als Nächstes, oder ist der Spuk schon vorbei?“

Beckbach runzelte die Stirn.

„Wenn ich die Informationen, die uns der Holländer von der jungen Frau gegeben hat, richtig deute, ist das erst der Anfang. Wenn wir nicht aufpassen, bricht irgendwann eine Welle über uns herein.“

„So sehe ich es auch.“ Bitze war froh über Beckbachs Ausführungen, die ihm zeigten, dass sie in die richtige Richtung vermuteten. Er trank seinen Kaffee aus, warf den leeren Becher zielsicher in den Papierkorb und stand auf.

„Vielleicht sollten wir mal nachhören, was unser Freund Bruno weiß. Der ist doch für seine Tageblatt immer unterwegs und hat eventuell etwas gehört.“

Schließlich war Bruno Kemmerling es auch gewesen, der ihnen bei der Gasexplosion den Hinweis auf Felix Kropp gegeben hatte.

Schon wieder regnete es, als die beiden das Gebäude verließen. Aber sie hatten sich in den vergangenen Jahren längst an das Bottroper Schmuddelwetter gewöhnt. Es gibt kein schlechtes Wetter, nur unpassende Kleidung. Diese Weisheit hatte Bitzes Mutter dem jungen Sprössling früh mit auf den Weg gegeben.

In diesem Moment fiel ihm ein, dass er unbedingt mal wieder bei seiner Mutter vorbeischauen müsste, denn wenn er sich längere Zeit nicht blicken ließ, konnte seine alte Dame sehr ungemütlich werden. „Schradermäßig“, wie er dann immer süffisant feststellte.

Aber jetzt ging erst einmal Kemmerling vor.

Zum Glück war es bis Kemmerlings Wohnung nicht weit. Sie sahen den alten Benz des Reporters schon von weitem vor dem Haus stehen. Es war eines dieser alten, hohen Häuser mit grauer Fassade und ohne Balkon zur Straße hin.

Die Haustür stand offen, und die beiden betraten ein leicht muffiges Treppenhaus, wie es sie nur noch in den Altbauten der Stadt gab. Bitze mochte diesen Geruch und auch den Reporter, der ihm seit Jahren immer wieder wichtige Tipps und Erkenntnisse mitgeteilt hatte. So war sogar etwas wie eine Freundschaft unter den Männern entstanden, die sie bei gelegentlichen gemeinsamen Besuchen der Heimspiele des MSV Duisburg untermauerten.

Da war es ihnen egal, ob der MSV gerade in der ersten oder zweiten Liga spielte, was ja in der Historie des Klubs des Öfteren vorkam. Die Zebras standen halt immer wieder auf, und das mochten Bitze und Kemmerling an diesem Klub.

Als sie vor Kemmerlings Wohnungstür standen, dröhnte ihnen aus dem Inneren laute Musik entgegen.

„Was ist denn hier los?“ Bitze war leicht verwundert, so früh am Tag neigte Bruno eigentlich nicht zu exzessiven Sauf- und Rockgelagen.

Sie drückten minutenlang auf den Klingelknopf, aber nichts passierte.

„Das kann er gar nicht hören bei diesem Krach“, merkte Beckbach an, „vielleicht sollten wir warten, bis der Song vorbei ist und es dann noch einmal versuchen.“

„Verdammt“, entfuhr es Bitze, „hier ist irgendwas faul, denn das ist nicht Kemmerlings Art und schon gar nicht seine Musik.“

„Schau mal, die Tür ist ja nur angelehnt“, meinte Beckbach und schob sie langsam auf.

„Bruno?“ riefen sie fragend, aber es schallte ihnen nur die harte, laute Musik entgegen. Jetzt erkannte Bitze es, „Thunderstruck“ von AC/DC.

Als Beckbach und Bitze das Wohnzimmer erreichten, prallten sie wie von einer unsichtbaren Faust getroffen zurück.

Kemmerling saß in seinem Sessel, Blut lief aus einem kleinen Loch über seinem linken Auge. „Klassischer Kopfschuss", merkte Beckbach an und sah nicht, wie Bitze bemüht war, die Tränen runterzuschlucken.

„Ruf die Mordkommission und die Spurensicherung", war das Einzige, was er hervorbrachte. Zum ersten Mal seit langer Zeit hasste er seinen Beruf.

„Das war eine Exekution, aber warum?"

Beckbach versuchte das Geschehen einzuordnen. Bitze stand wie angenagelt, sein Gesicht war aschfahl, und er meinte, sich jeden Moment übergeben zu müssen. Zum Glück erschien in diesem Moment Doktor Weidenbach mit seinem Team auf der Bildfläche.

„Mach doch mal einer diese verdammte Musik aus", fuhr der knorrige Gerichtsmediziner seine Kollegen an, und plötzlich war es absolut ruhig im Raum.

„Der Hauptkommissar direkt am Tatort, das ist praktisch", entfuhr es einem Beamten, „da haben die Kollegen aus Recklinghausen ja direkt Verstärkung." Diese betraten in diesem Moment ebenfalls das Wohnzimmer. Bitze stellte sich dem leitenden Beamten der Mordkommision vor und erläuterte die vorgefundene Situation. Dann zog er sich in Kemmerlings Küche zurück, um sich aus dem Kühlschrank einen doppelten Cognac zu genehmigen.

„Die Russen?" Bitze hatte den Gedanken laut ausgesprochen. „Wenn sie einen Krieg wollen, dann haben sie ihn jetzt."

Er merkte gar nicht, dass noch eine weitere Person in der Zwischenzeit die Küche betreten hatte. Als er kurz hochblickte, stand Ellen Schrader, mit der er hier nun absolut nicht gerechnet hatte.

„Gibt es schon irgendwelche Hinweise?" fragte sie leise.

Bitze schüttelte den Kopf. „Wir haben noch nichts unternommen, sondern erst mal Kollegen von der Mordkommission und der Spurensicherung rangelassen."

„Aber warum gerade Kemmerling?"

„Ich weiß es nicht", murmelte Bitze, „vielleicht ist er ja auf irgendetwas gestoßen?"

Doktor Weidenbach kam zu ihnen in die Küche und gab einen ersten knappen Zustandsbericht. Alles deutete auf eine Hinrichtung hin, kurz und präzise, über die Waffe würde er erst nach einer genaueren Untersuchung etwas sagen können. Danach hatten der oder die Täter so ziemlich alles in der Wohnung, vor allem im Wohnzimmer, auf den Kopf gestellt. Sie hatten aller Wahrscheinlichkeit nach etwas gesucht, aber waren dabei nicht gerade zielstrebig vorgegangen. Er würde den Leichnam jetzt erst mal mitnehmen. Dann könnten die Kollegen sich ja noch einmal umschauen.

Bitze traute seinen Augen nicht. Ellen Schrader setzte sich zu ihm an den Küchentisch und goss sich ebenfalls einen Cognac ein. Für einen Moment glaubte er, in einem schrecklichen Traum zu sein, der gleich vorbei wäre, und Bruno würde ihm auf die Schulter klopfen und ihm erzählen, Ellen Schrader und er hätten gemeinsam einen Cognac in seiner Küche getrunken, und dann würden sie beide schallend darüber lachen.

Aber es war kein Traum, und niemand klopfte ihm auf die Schulter. Ellen Schrader hob ihr Glas. „Sie wollen den Kampf, sie sollen ihn bekommen. Aber wir werden ihn für uns entscheiden.“ Dabei legte sie die Betonung auf das Wir, und das war Bitze nicht entgangen. Wie sie so mit dem Cognacglas in der Hand vor ihm saß, vergaß er alles, was er bislang über sie gedacht und gesagt hatte und verspürte eine plötzlich heftig aufkommende Zuneigung.

Sie schauten sich lange an und fühlten in diesem Moment beide, dass etwas Neues, Unbekanntes, aber wohl Großartiges mit ihnen passierte. Ihre Blicke trafen sich.

„Wir werden ihn für uns entscheiden“, wiederholte er ihre Worte und trank schnell seinen Cognac aus.

„Wir sind dann mal weg.“ Doktor Weidenbach schaute noch kurz zur Küche herein, und auf einmal war es ganz ruhig in der Wohnung. Langsam stand Bitze auf und ging ins Wohnzimmer, Ellen Schrader folgte ihm.

Beckbach hatte sich schon etwas im Raum umgesehen und meinte: „Wer immer hier gewesen war, er hat ganze Arbeit geleistet.“

Alle Schranktüren standen offen, Schubladen lagen auf dem Boden neben Unmengen von Zetteln und anderen Belegen, sogar der alte MSV-Wimpel mit der Vizemeisterschaft '63 war von der Wand gerissen worden. Bitze wusste, dass sein Freund Bruno seine wichtigsten Aufzeichnungen in ein kleines, knallrotes Notizbuch schrieb, das er, in Anspielung auf die Farbe, seine Sozikladde nannte. Nur was besonders wichtig war, kam in die Sozikladde, hatte er dem Hauptkommissar gegenüber irgendwann mal beiläufig erwähnt.

„Wir müssen uns auf ein kleines, knallrotes Notizbuch konzentrieren", gab Bitze als Suchauftrag auf, „alles andere ist Mumpitz."

„Ich übernehme das Wohnzimmer, du, Becki, den Flur, und die Frau Staatsanwältin nimmt sich das Schlafzimmer vor."

Die Kollegen aus Recklinghausen nutzten die Gelegenheit, um Bitze dabei noch einige Fragen zur Person Kemmerlings zu stellen. Nach einer guten Stunde versiegelten sie die Wohnungstür, mit reichlich viel Frust im Bauch, aber ohne ein rotes Notizbuch.

Irgendwo im Norden Hollands am selben Tag

Die ersten Sonnenstrahlen drangen ins Zimmer, als Köhne aufwachte. Er beschloss, heute in der kleinen Strandbar zu frühstücken, obwohl sich über dem Meer die ersten Wolken auftürmten, die Regen ankündigten. Schnell kleidete er sich an und machte sich auf den Weg.

Kühler Wind wehte vom Meer herüber, und er schlug seinen Mantelkragen hoch. Dennoch wählte er den Weg am Strand entlang.

Zur gleichen Zeit hatte Raisa ihre Morgentoilette beendet und fühlte sich wie neugeboren.

Das Gespräch mit dem Inspektor und der lange, tiefe Schlaf hatten dazu geführt. Sie ging in den Speisesaal, wo Tine schon ein Frühstück für sie vorbereitet hatte. Raisa stellte verwundert fest, dass noch ein weiterer Gast da war, den sie am Abend nicht gesehen hatte und von dem auch nicht gesprochen worden war.

„Gut geschlafen?“ fragte Tine und brachte eine Kanne Kaffee an ihren Tisch.

„Danke, sehr gut.“ Raisa beunruhigte die Anwesenheit des fremden Gastes, der sie augenscheinlich sehr interessiert beobachtete.

Ihre Hand zitterte leicht, als sie sich den Kaffee eingoss. Sie traute sich nicht, zu dem Fremden hinzuschauen, doch sie wusste gleich, dass sie diesen Mann schon einmal gesehen hatte und auch, wo das war ... in Bottrop! Aber wie konnte er sie hier gefunden haben? Snijder hatte doch von ihrer Sicherheit gesprochen, und sie konnte und wollte es sich nicht vorstellen, dass er ein falsches Spiel trieb. In diesem Moment kam Tine zurück und blickte den Fremden fragend an. Raisa beobachtete es aus ihren Augenwinkeln. Sollte etwa Tine?

Sie musste unbedingt mit Snijder sprechen. Aber nicht jetzt und nicht hier. Schnell aß sie ein Toast und ging auf ihr Zimmer. Hastig zog sie sich ihre Jacke über, steckte das Handy ein und verließ das Haus.

Als sie den Strand erreichte, sah sie ihn, und ihr Herz blieb für einen Moment stehen. Sie konnte es nicht glauben, dass er tatsächlich hier war.

Köhne sah von weitem die Frau, die mit schnellen Schritten zum Strand kam. Etwas in den Bewegungen kam ihm bekannt vor, aber er war sich nicht sicher. Erst als sie fast vor ihm stand, erkannte er sie und sein Herz schlug rasend und schnell.

Sie hatte ihr Aussehen verändert, aber das kleine Muttermal an der Augenbraue verriet sie.

Er lief auf sie zu und nahm sie in die Arme. Sie presste sich fest an ihn, und er stellte erschrocken fest, dass sie weinte. Etwas war passiert, aber es war im total egal, er hatte sie gefunden und würde sie nie mehr gehen lassen.

Arm in Arm machten sie sich auf den Weg zur Strandbar. Dort angekommen, führte Köhne Raisa an seinen Lieblingstisch mit Blick auf das Meer.

„Ist es nicht wunderschön hier?“

Raisa konnte sich nicht so recht freuen. Aber es beruhigte sie, dass sie ihn getroffen hatte, denn so war sie nicht allein dem offensichtlichen Verrat ausgesetzt, denn er, und das wusste sie seit ihrer ersten Begegnung im Sauerland, würde alles für sie tun.

In hastigen Worten erzählte sie ihm von den Ereignissen der letzten Tage. Er hörte gebannt zu. Nur einmal, als sie eine kleine Pause einlegte, berichtete er von seiner Verzweiflung und seinem Wunsch, sie wiederzufinden. Als er das gesagt hatte, beugte sie sich zu ihm und hauchte ihm einen zarten Kuss auf die Wange. Köhne errötete leicht. Als sie ihm alles gesagt hatte, schwiegen sie für einen kurzen Augenblick. Dann war es Köhne, der die Stille beendete.

„Wie kannst du sicher sein, dass der Mann in der Pension auch einer von denen ist?“

Für Raisa stand fest, auf keinen Fall dorthin zurückzukehren. Sie konnte sich genau daran erinnern, diesen Mann im Poco Loco gesehen zu haben, denn das prägnante Errol-Flynn-Bärtchen war ihr dort schon aufgefallen. Der Mann hatte damals eine ganze Zeit mit Wüllner an einem Tisch gesessen, war dann aber, als sie an den Tisch gekommen war, aufgestanden und grußlos gegangen. Sie hatte das als ziemlich arrogant empfunden.

Köhne schlug vor, den Inspektor in Amsterdam anzurufen, der ja augenscheinlich nichts von Tines Umgang zu wissen schien. Vielleicht war es aber auch ein Zufall, dass der Typ gerade jetzt aufgetaucht war, und Tine hatte mit der ganzen Sache nichts zu tun. Sie wussten es nicht.

Wenn sie wollte, könnte sie mit zu ihm kommen, und er würde sich um ihre Sachen kümmern. Da würde er schon einen Weg finden. Raisa zögerte, denn sie befürchtete, ihn auch in Gefahr zu bringen, doch Köhne machte ihr unmissverständlich klar, sie nie wieder allein zu lassen. Damit war dieser Punkt für ihn beendet.

Raisa schaute ihn lange an, dann nahm sie seine Hand. „Ich bin froh, dass du hier bist und mich nicht mehr allein lassen willst.“

Sie nahm seinen Kopf in beide Hände und küsste ihn. Köhne fühlte sich so glücklich wie nie zuvor in seinem Leben. Sie war die Frau seines Lebens, und das hatte er von Anfang an gespürt. Egal, was auch passieren sollte, er würde sie schützen, notfalls vor der gefürchteten Russenmafia.

„Ich zahle dann mal.“ Köhne stand auf und ging zur Kasse.

Beim Blick durch das Türfenster fiel ihm ein Mann auf, der geradewegs auf das Café zukam. Instinktiv witterte er eine drohende Gefahr, die von dem Unbekannten ausging, und machte sich mit Raisa auf den Weg zum hinteren Ausgang.

Glücklicherweise hatte er sich am Vortag einen Schlüssel für eine der Umkleidekabinen besorgt, die sich vor der Düne hinter dem kleinen Strandcafé befanden.

Darin gab es einen Strandkorb und sonstige Utensilien für den Strand. Köhne hätte nicht gedacht, dass er diese Kabine so schnell und für einen ganz anderen Zweck nutzen würde.

Schnell dirigierte er die ahnungslose Raisa in Richtung Düne. Er blickte sich immer wieder um, ob sie eventuell schon beobachtet oder gar verfolgt würden. Aber in Richtung Strandcafé war nichts und niemand zu sehen. Bald hatten sie Tür Nummer 4 erreicht. Hastig schloss er auf, und schon waren sie beide in der Kabine verschwunden. Mit einem Zeichen gab er Raisa zu verstehen, ganz ruhig zu bleiben und nichts zu sagen. Es war gespenstisch dunkel im Raum. Nur die Wellen der herannahenden Flut waren zu hören. Plötzlich glaubte Köhne aber andere Geräusche zu vernehmen, und an Raisas Blick erkannte er, dass es ihr ähnlich ging.

Irgendjemand kam an den Kabinen vorbei.

Regungslos hockten sie hinter einem Strandkorb, als die Schritte draußen immer näher kamen und unmittelbar vor ihrer Tür anhielten. Köhne spürte, wie ihm der Schweiß den Nacken herunterlief. Er hielt Raisa, die sich kaum zu atmen traute, fest in seinem Arm. Es zerrte und rappelte an der Tür, dann wurde es still, und die Schritte entfernten sich. Schon konnten sie ausmachen, wie der Unbekannte versuchte, eine offene Tür zu erwischen. Aber er blieb erfolglos. Köhne wusste nicht, wie lange sie so ausgeharrt hatten, als er vorsichtig und ganz langsam die Tür öffnete und einen Blick nach draußen warf.

Augenscheinlich war niemand zu sehen. Er küsste Raisa auf die Stirn, nahm sie bei der Hand, und nach allen Seiten spähend verließen sie die Kabine. Sie gingen nicht den direkten Weg zu seinem Appartement, sondern versuchten im Schutz der kleinen Häuser dorthin zu gelangen. Es hatte leicht zu nieseln begonnen, und außer ihnen waren kaum Menschen unterwegs. Der kleine idyllische Badeort im Norden Hollands schien wie ausgestorben. Da entdeckten sie gleichzeitig in einiger Entfernung den Mann, der sie zum Strandcafé verfolgt hatte. Mit seinem Fernglas um den Hals schlenderte er Richtung Tines Haus. „Da vorne ist das Haus", flüsterte Raisa. Die Angst entdeckt zu werden, machte sie fast sprachlos.

„Glaubst du, er hat uns entdeckt?" Raisa schaute Köhne ängstlich an.

„Ich weiß es nicht, vielleicht ist es besser, einfach das nächste Haus aufzusuchen."

Sie liefen in eine kleine Toreinfahrt und warteten ab. Raisa presste sich eng an Köhne. Plötzlich hörten sie die Schritte auf dem nassen Asphalt, die immer näher kamen. Also hatte der Unbekannte doch ihre Verfolgung aufgenommen.

Köhne entdeckte ein kleines Gartentor und gab Raisa ein Zeichen, dort hineinzugehen. Doch es war einen Moment zu spät, der Fremde hatte sie aufgespürt und kam auf sie zu

Völlig in die Enge getrieben registrierten Raisa und Köhne, dass der Unbekannte ein nicht gerade kleines Klappmesser hatte. Köhne hielt Raisa fest und fuhr ihr zärtlich und beruhigend durchs Haar.

Der Fremde sah es und lachte. „Es ist vorbei, du Held. Was hast du geglaubt, mit wem du es zu tun hast? Und du, kleine Nutte, wirst dahin zurückgehen, wo du hingehörst, und zwar sobald ich mit ihm hier fertig bin."

An der holprigen Aussprache erkannte Köhne, dass er es mit einem Mann aus Osteuropa zu tun hatte, und alles was er jemals über die Gangsterszene rund um die russische Mafia gehört hatte, fiel ihm siedend heiß ein.

Er spürte einen dicken Kloß im Hals und ein leichtes Zittern am ganzen Körper. Aber Raisa an seiner Seite sollte davon nichts merken. Der Fremde kam jetzt ganz nah an die beiden heran. Mit einem plötzlichen Ruck riss Köhne sich von Raisa los, hörte ihren Aufschrei, aber da hatte er schon den überraschten Fremden erreicht, der mit dieser Reaktion seines Gegenübers nicht gerechnet hatte.

Mit voller Wucht rammte Köhne ihm sein Knie in den Unterleib. Der Unbekannte klappte nach Atem ringend zusammen. Das nutzte Köhne aus, um ihm noch einen harten Tritt in die Rippengegend zu verpassen. Schnell nahm er das Messer auf, das dem Fremden aus der Hand geglitten war, ergriff Raisas Hand, und die beiden liefen los. Sie drehten sich noch einmal um und sahen, dass der Fremde zwar versuchte, auf die Füße zu kommen, aber immer wieder zusammensackte. Köhne war schweißgebadet, als er wenig später mit Raisa sein Appartement erreichte. Raisa sah ihn mit angsterfüllten Augen an, und Tränen liefen ihr über die Wangen.

„Ganz ruhig, es ist vorbei." Köhne streichelte sie zärtlich.

„Ich habe Angst, dass es noch schlimmer wird", meinte Raisa. Verzweiflung machte sich in ihrer Stimme breit. „Ich hätte dich da niemals mit hineinziehen dürfen."

„Gemeinsam werden wir es schaffen, und ich bin unendlich froh, dass du bei mir bist." Köhne nahm sie fest in den Arm und küsste sie zärtlich auf die Stirn. Raisa entspannte sich und erwiderte seine Zärtlichkeiten. Kurze Zeit später unter der Dusche vergaßen die beiden für einen Moment die Welt um sie herum und versanken in einen Strudel leidenschaftlicher und glücklicher Gefühle. Raisa und Köhne blieben noch lange engumschlungen liegen. Wie schön es doch war, Zeit und Raum zu vergessen.

„Ich werde den Hauptkommissar in Amsterdam anrufen", unterbrach Raisa die Stille. „Vielleicht kann er uns helfen."

Köhne hatte Zweifel. Zu sehr hatten die Ereignisse der letzten Stunden sein Vertrauen in andere Menschen zerrüttet.

„Was ist, wenn er auch ein falsches Spiel mit dir getrieben hat?"

„Dann hätte er doch viel eher die Möglichkeit gehabt, mich aus dem Weg zu schaffen. Allein auf der Fahrt von Amsterdam hierher. Nein, ich glaube, er weiß nichts vom Umgang seiner Freundin."

Sie sprachen noch lange über ihr weiteres Vorgehen, und am Ende kamen sie zu der Erkenntnis, dass es wohl das Beste wäre, Snijder anzurufen. Dreimal hatte es Raisa nun schon versucht, ihn in Amsterdam zu erreichen, aber vergeblich. Schon kroch Angst und Verzweiflung wieder in ihr hoch, doch Köhne schaffte es, sie jedes Mal zu beruhigen. Am Abend, im Schutz der Dunkelheit, hatte er es gewagt, eine große Portion Fritten für sie zu besorgen, immer nach möglichen Verfolgern ausschauend. Aber auf der Straße war alles ruhig geblieben. Sie beschlossen, die Nacht abzuwarten und am nächsten Morgen nochmals in Amsterdam anzurufen.

Kurz vor dem Einschlafen glaubte Köhne, ein leises Geräusch an ihrem Appartementfenster zu vernehmen. Leise stand er auf und lauschte, hörte aber nur den ruhigen Atem Raisas. Er ging nahe ans Fenster. War da ein Schaben? Vielleicht bilde ich mir das nur ein, dachte er und legte sich wieder zu Raisa ins Bett. Mitten in der Nacht wurde Köhne erneut wach, und diesmal hörte er es genau, irgendjemand machte sich an der Jalousie zu schaffen. Er weckte Raisa und bedeutete ihr, leise zu sein. Seine Gedanken rasten. Hatte der Unbekannte ihn doch auf der Straße gesehen, als er den Imbiss besorgt hatte? Oder waren es sogar mehrere Verfolger, die hier auf der Lauer lagen und es auf Raisa abgesehen hatten?

Für einen Moment bekam er Angst, der Sache doch nicht gewachsen zu sein, aber ein Blick auf Raisa machte ihn stark, sie war es, für die er notfalls sein Leben opfern würde. Aber so weit wollte er es gar nicht kommen lassen, er würde sich zu wehren wissen! Dann verstummte das Geräusch. Er hörte Schritte, die sich entfernten. Hatte der Unbekannte eingesehen, dass es nicht möglich war, das Fenster aufzuhebeln?

Am Nachmittag in Bottrop

Josef Wüllner beobachtete seinen Dobermann Charles beim Spiel im Garten. Er bewunderte die Eleganz der Bewegungen und die stetige Wachsamkeit des Hundes.

Trotz aller Verspieltheit entging dem Tier nichts. Wachsamkeit und Treue, dachte Wüllner, sind die großen Stärken meines einzig wahren Freundes. Endlich löste er seinen Blick vom Treiben des Hundes im Garten, denn es gab wichtige Dinge zu erledigen. Zunächst musste er bei seinem Anwalt Conrad von Dudenhofen anrufen, nicht nur um finanzielle Dinge zu regeln. Die Sache wurde doch teurer als er erwartet hatte, und sein Partner Robotnikov schien unersättlich zu sein. Aber er leistete gute Arbeit, und das hatte auch dieser Schmierenreporter zu spüren bekommen. Na ja, ein Problem weniger, dachte Wüllner, aber die Sache mit Raisa war damit immer noch nicht aus der Welt. Da würden sich seine Partner noch etwas einfallen lassen. Wie er von Robotnikov erfahren hatte, war die Gesuchte wohl in Holland ausfindig gemacht worden. Na bitte, dachte er grimmig, auch du, meine liebe Raisa, wirst deinen gerechten Lohn bekommen! Allerdings war er sich nicht mehr sicher, ob es sinnvoll gewesen war, Geschäfte mit den Russen zu starten. Mit vielen Tricks, Bestechungen und großzügigen Geschenken hatte er sich sein Bottroper Imperium geschaffen. Das würde er sich von niemandem kaputtmachen lassen. Zunächst aber wählte er von Dudenhofens Nummer und teilte seinem Anwalt seine aufkommenden Zweifel mit. Nach einer Viertelstunde waren sich die beiden einig. Noch einmal würden sie Geld für die russischen Partner locker machen, aber dann müsste er sich etwas anderes einfallen lassen. Gute Einfälle hatte er ja immer gehabt. Außerdem riet ihm sein Anwalt, die Geschäfte seiner Nachtklubs neu zu regeln und wenn möglich, einen verlässlichen Ersatz für Felix Kropp zu finden, um so die Dinge nach und nach wieder selbst in die Hand nehmen zu können. Eine noch stärkere Abhängigkeit von Robotnikov und seinen Leuten könnte irgendwann auch auch ihn das Leben kosten. Nachdenklich hatte Wüllner das Gespräch beendet und Charles ins Haus geholt.

*

Zurück in ihrer kleinen Dienststelle im Herzen Bottrops beschäftigten Hauptkommissar Bitze drei Fragen. Warum war Ellen Schrader am Tatort aufgetaucht und hatte sich kooperativ und mitfühlend wie niemals zuvor gezeigt, ja, sogar einen Cognac mit ihm getrunken und eine Achterbahn seiner Gefühle ausgelöst? Gab es nicht in seinem tiefsten Innern immer schon eine Zuneigung zu dieser Frau? Und wo war Brunos rotes Notizbuch? Aufs Erste wusste er keine Antwort, wollte auch keine im Moment bekommen, sondern genoss die neue Ebene, auf die beide sich begeben hatten und die gewiss keine schlechte war.

„Becki, ich hab's!" rief er plötzlich.

Sein Assistent Beckmann, der für einen Moment eingedöst war, zuckte zusammen.

„Ich muss noch mal in die Wohnung", sagte er, nahm seine alte abgewetzte Lederjacke vom Bügel und sprintete los; der überraschte Beckbach hinterher.

Vor Kemmerlings Wohnungstür öffneten sie behutsam das Siegel und traten ein. Erst da kam Beckbach dazu, seinen Chef zu fragen, worum es überhaupt in der ganzen Eile ging.

„Hör zu", begann Bitze, „mein alter Freund Bruno hat mir mal erzählt, dass er seine wichtigsten Dinge in einer alten blechernen Zigarrenschachtel aufbewahrt. Die müssen wir finden."

Kurz nach dem Betreten des Wohnzimmers sahen sie wonach sie suchten. Die alte abgewetzte Blechschachtel lag auf der Fensterbank in Kemmerlings Wohnzimmer. „Da ist sie!" rief Bitze und nahm sie vorsichtig auf. Langsam öffnete er den Deckel, und sein Blick fiel auf die Sozikladde, Bruno Kemmerlings knallrotes Notizbuch.

*

Wüllner hatte das Gespräch mit seinem Anwalt beendet und wählte als Nächstes die Nummer von Claude's Bodega Bar, dem Zentrum der Geschäfte mit den begehrten Damen aus dem Osten. Die kleine unscheinbare Bar machte von außen keineswegs den Eindruck, dass es hier Liebesdienste aller Art zu erwarten gäbe, und gerade deshalb hatte Wüllner sie gemeinsam mit Robotnikov für ihre Zwecke ausgewählt. Schnell hatte sich diese Adresse in gewissen Kreisen seiner

Stadt herumgesprochen, und wenn immer jemand Lust auf außergewöhnliche Liebesdienste hatte, wusste er sie in Claude's Bodega Bar vermittelt zu bekommen. Es gab keinen anderen Nachtklub in Bottrop und Umgebung, der hierfür in Frage gekommen wäre. Längst aber hatte Robotnikov auch hier seine Männer eingesetzt, die auf ihre robuste Art die Geschäfte regelten. Die fragten nicht nach Gesetzen, sondern machten ihre eigenen. Aber solange bezahlt und nicht aufgemuckt wurde, war ihre Welt in Ordnung.

Wenn nicht, wussten sie schon für Ordnung zu sorgen.

So konnte Alexej Luschnik, der Wüllners Anruf entgegennahm, auch von nichts Außergewöhnlichem berichten, und auch die Damen hatten sich, nach Katinkas tragischem Ende augenscheinlich wieder beruhigt. Allerdings merkte Luschnik an, dass die verschwundene Raisa nach wie vor ein Unruhestifter war und unbedingt gefunden und eliminiert werden musste. Aber dafür würden die Kollegen in den Niederlanden schon sorgen. Nach seinen letzten Informationen stand das Ende dieser Mission auch unmittelbar bevor.

Na bitte, es geht doch, dachte Wüllner, als er auflegte.

Zurück im Büro rief Bitze zunächst Ellen Schrader an und teilte ihr mit, dass sie das rote Notizbuch gefunden hatten und sich jetzt an die Auswertung machen würden. „Gute Arbeit", lobte die Staatsanwältin und bat um Rückmeldung über die weiteren Erkenntnisse.

Mit einem leichten Grinsen auf den Lippen legte Bitze auf, und Beckbach meinte schmunzelnd: „Da scheint sich ja eine große Liebe zu entwickeln, Herr Hauptkommissar. ‚My Kind of Lady' von Famous Last Words", und selten zuvor hatte Beckbach derart süffisant einen Supertramp Song zitiert. Bitze registrierte es mit einer scheinbaren Gelassenheit, die Beckbach ihm aber nicht abnahm.

„Zunächst gibt es Wichtigeres, mein Freund, und das haben wir hier auf dem Tisch."

Bitze schlug das rote Notizbuch auf. Auf der ersten Seite konnte er vor lauter Kritzeleien kaum etwas Brauchbares entdecken, und so blätterte er langsam weiter. Auch auf den nächsten Seiten ziemlich schwammige, nichtssagende Aufzeichnungen. Aber auf Seite acht wurde es interessant: „Claude's Bodega Bar“ stand da dick und fett und rot unterstrichen.

Schwerreiche Zeitgenossen aus dem gesamten Ruhrgebiet schienen laut Kemmerlings Erkenntnissen in den letzten Monaten dort ein- und ausgegangen zu sein, nicht nur um Tapas zu essen. Als Nächstes gab es einen Hinweis auf Wüllner, der als Besitzer des Ladens angegeben war, aber die eigentlichen Geschäfte dort verrichtete ein Zeitgenosse namens Luschnik, ein eher untypischer Name für einen Mann aus dem Ruhrgebiet. Russen am Werk, hatte Bruno Kemmerling dahinter notiert. Jetzt wurde es interessant, und Bitze merkte, wie ihm beim Lesen der Atem wegblieb: Kontaktaufnahme Luschnik, Sonntag, 19.45 Uhr!

„Mensch Bruno, was hast du dir denn dabei gedacht, wolltest wohl die große Story schreiben“, murmelte Bitze vor sich hin. Die nächste Aufzeichnung war vom Anfang des darauffolgenden Monats: Kontakt hergestellt! Also war Bruno anscheinend in die Höhle des Löwen vorgedrungen. Aber was wollte er dort aufdecken, warum diese Schritte? Die nächsten Zeilen ließen Bitze verstärkt aufhorchen: Brief von Ludmilla erhalten, sie hat Angst auszupacken, aber meine Vermutung ist richtig. Frauen aus Russland werden dort illegal eingeschleust! Werde mit dem Brief die Geschichte aufmachen, aber brauche mehr Einzelheiten und Fotos.

Bitze las gespannt weiter und stellte fest, dass es im weiteren Verlauf für Kemmerling immer schwieriger wurde, an Informationen zu kommen. Dann sah er einen Hinweis, der ihn leicht zusammenzucken ließ: Muss vorsichtiger werden, Luschnik scheint Lunte gerochen zu haben. Luschnik ist gefährlicher, als ich dachte! Damit endeten die Aufzeichnungen.

War Kemmerling da schon aufgeflogen, oder hatte er einfach nicht weitergeschrieben? Bitze klappte das rote Notizbuch zu und griff zum Telefonhörer. In knappen, präzisen Worten klärte er Ellen Schrader über den Inhalt auf. Zuerst hatte er darüber nachgedacht, den Laden in der Paßstraße stürmen zu lassen, aber Ellen Schrader hatte sicherlich recht, dass dies eine sehr überstürzte Maßnahme war und womöglich Unschuldige in Gefahr bringen würde. Bitze registrierte, wie er den Moment genoss, ihre Stimme am Telefon zu hören. Noch fand er keine endgültige Erklärung dafür, aber irgendwie ging es ihm gut dabei. Sie einigten sich darauf, dass die Lösung draußen in Grafenwald, in Wüllners Umfeld zu suchen wäre.

„Wir müssen unserem alten Freund Jo Wüllner mehr auf die Finger hauen", meinte sie zum Ende ihres Gesprächs.

Zur gleichen Zeit standen Wüllners neue Freunde vor der verzierten Tür seiner luxuriösen Villa und schellten vergebens. Von drinnen war nur das wütende Bellen des Dobermanns zu hören. Robotnikov gab seinem Begleiter einen Wink, im hinteren Bereich der Villa nachzuschauen.

Nach wenigen Minuten kam dieser kopfschüttelnd zurück.

„Der Vogel ist scheinbar ausgeflogen", meinte Robotnikov, „aber so etwas macht er nur einmal mit uns. Wir sollten ihm ein kleines Andenken hierlassen."

Dabei zog er eine kleine Kapsel aus seiner Hosentasche und ließ sie durch den Briefschlitz ins Haus fallen.

Einige Minuten später war das Bellen des Hundes verstummt.

Am Abend des dritten Tages in Bottrop

Bitze saß vor seinem Haus und dachte über die letzten Ereignisse nach. Morgen würde er mit Beckbach zunächst noch mal Wüllner einen Besuch abstatten, und er nahm sich vor, dabei ziemlich direkt vorzugehen. Auf welches Spiel, wenn man es überhaupt so nennen konnte, hatte Wüllner sich eingelassen? Welche Rolle spielten die Russen? Wer besuchte Claude's Bodega Bar?

Alle diese Fragen gingen ihm durch den Kopf, und die rechte Lösung wollte ihm nicht einfallen. Er wollte auch noch einmal mit dem holländischen Kollegen sprechen. Vielleicht hatte dieser neue Erkenntnisse. Aber zunächst öffnete er sich eine kühle Flasche Iserlohner, schob die Live-Aufnahme des Supertramp Konzertes aus Paris in seinen CD-Spieler, dachte an Ellen Schrader und stellte sich vor, irgendwann mit ihr nach Paris zu fahren. Er schloss die Augen und genoss den Moment. Kurz vor zehn, als er gerade beschlossen hatte, ins Bett zu gehen, klingelte sein Telefon. Es war Ellen Schrader.

„Es tut mir leid, aber die Sache mit dieser Bodega Bar lässt mir keine Ruhe. Vielleicht sollten wir einfach einmal dort hinfahren und uns diesen Klub aus der Nähe ansehen."

Bitze brauchte einige Sekunden, um zu registrieren, was gerade ablief, denn erstens war es sehr selten vorgekommen, dass Ellen Schrader ihn von selbst und privat anrief und um diese Zeit schon mal gar nicht.

„Am besten wohl jetzt gleich", murmelte er ohne großes Nachdenken, und ein paar Minuten später saß er in seinem Peugeot und fuhr Richtung Bottrop.

Sie hatte eine kleine Eigentumswohnung am Ehrenplatz, in der Nähe des Arbeitsamtes, das hatte er bislang nicht gewusst, obwohl er schon häufig dort vorbeigefahren war. Aber der Mord an Bruno Kemmerling hatte in seinem Leben einiges verändert, was er noch nicht so recht einordnen konnte. Dennoch beeilte er sich, zum Ehrenplatz zu kommen. Ellen Schrader erwartete ihn bereits, und wie sie so vor ihm stand, fielen ihm alle Supertramp Songs gleichzeitig ein.

Nach einer kurzen Fahrt erreichten sie Claude's Bodega Bar um kurz vor Mitternacht. Einige Autos standen noch auf dem Parkplatz. Bitze stellte seinen Peugeot neben einem silbernen BMW mit holländischem Kennzeichen ab. Ellen Schrader und Bitze betraten die Bodega Bar und gaben sich als ein verliebtes Paar, das die Nacht noch nutzen wollte. Bitze genoss die ungewohnte Rolle, und auch die Staatsanwältin, die ihn vor einiger Zeit am liebsten noch von ganz weit hinten sah, spielte mehr als überzeugend mit. Einige Pärchen saßen an kleinen Tischen, Gelsenkirchener Spätbarock, fiel Bitze dazu ein, tranken Sekt und sahen einer eher durchschnittlichen Tänzerin zu, die sich an einer Stange redlich abmühte, um das Nachtpublikum in Stimmung zu versetzen.

An einem Tisch saß ein einzelner Mann, der Bitze bekannt vorkam, den er aber nicht genau einordnen konnte. Ellen Schrader registrierte seinen Blick, und er flüsterte ihr ins Ohr, diesen einzelnen Gast irgendwoher zu kennen. Auch der Mann schaute kurz auf und verharrte für einen Moment beim Anblick der beiden Neuankömmlinge. Sie setzten sich an einen freien Tisch, und Ellen Schrader legte ihre Hand wie selbstverständlich auf Bitzes Arm.

Die Tänzerin gab alles, aber das war nicht viel, ähnlich wie ihre Bekleidung. Schließlich verließ sie die Tanzfläche und setzte sich an den Tisch des Mannes. Ein Kellner kam, und Bitze bestellte zwei Gläser Sekt, obwohl er viel lieber ein Bier getrunken hätte. Möglichst unauffällig versuchte er sich die Einzelheiten der Räumlichkeiten einzuprägen, wobei er ziemlich nah an Ellen Schrader heranrückte, der dies nichts auszumachen schien. Dabei bemerkte er eine Bewegung im hinteren Bereich der Bar und nahm wahr, dass sie von dort beobachtet wurden. „Man interessiert sich augenscheinlich für uns“, flüsterte er Ellen Schrader ins Ohr und gab ihr dabei einen zarten Kuss auf die Wange. Auch der einzelne Besucher schaute auffällig oft zu ihnen herüber und hatte kaum Augen für seine leicht bekleidete Tischnachbarin.

„Sie können uns nicht kennen“, murmelte Ellen Schrader zurück und legte ihren Kopf an seine Schulter.

Der Kellner kam mit dem Sekt, und die beiden stießen an.

Bitze war versucht, ihr das Du anzubieten, ließ es aber dann sein. So wollte er den Bogen nun auch nicht überspannen. Nach einiger Zeit stand Ellen Schrader auf und ging zur Toilette. Bitze sah ihr nach, und ihm war endgültig klar, dass zwischen ihnen nichts mehr wie früher war. Da war er sich ganz sicher. Als Ellen Schrader nach zehn Minuten immer noch nicht zurückgekehrt war, wurde Bitze unruhig.

*

Wüllner hatte den ganzen Tag bei seinem Anwalt in Recklinghausen verbracht, und die beiden hatten über ihr weiteres Vorgehen beraten.

Natürlich wollten sie auf keinen Fall den Russen das Geld, das sie mit viel List und Tücke in den letzten Jahren ergaunert hatten, in den Rachen schieben. Andererseits machten Robotnikov und seine Männer nicht den Eindruck, zur Gattung der Spaßvögel zu gehören. Dennoch hatte es Wüllner heute darauf ankommen lassen und sich zum abgesprochenen Zeitpunkt nicht in seiner Villa aufgehalten. Charles, sein treuer Dobermann, würde den Russen das Geld sicherlich nicht rausgegeben haben. Als er von Dudenhofens Haus am Rande Recklinghausens verließ, überlegte er, kurz noch einen Abstecher ins Poco Loco oder in die Bodega Bar zu machen, vielleicht hatte ja eine der russischen Schönen Lust, noch mit zu ihm zu fahren. Aber schließlich entschied er sich doch für den direkten Weg nach Hause. So würde er es auf jeden Fall vermeiden, Robotnikov, Luschnik oder einem anderen der erlauchten Truppe zu begegnen. Gutgelaunt von den Gesprächen des Tages erreichte er eine Viertelstunde später sein Haus am Stadtrand Bottrops. Er fuhr seinen dunkelblauen Jaguar in die Garage und wartete auf die tippelnden Schritte seines Hundes. Etwas verwundert stellte er fest, dass es völlig ruhig blieb und weit und breit kein Laut von Charles zu hören war. Mit fester Stimme rief er nach ihm, doch nichts geschah.

Beunruhigt beschleunigte er seine Schritte. Was er dann in seinem Flur sah, ließ ihm das Blut in den Adern gefrieren: Mit schaumverschmiertem Maul lag der Dobermann regungslos vor der Haustür. Ein Blick genügte, um festzustellen, dass sein treues Tier vergiftet worden war. Wütend schwor er demjenigen, der das getan hatte, blutige Rache. Danach trug er das Tier in den Garten, hob eine Grube aus und legte es zur letzten Ruhe. Tränen standen in seinen Augen, aber ein Jo Wüllner weinte nicht. Als er wieder im Haus war, griff er zum Telefon und rief seinen Anwalt an.

*

Nach fünfzehn Minuten Warten war Bitze klar, dass hier etwas nicht mit rechten Dingen zuging. Auch dem Mann am Nachbartisch war das aufgefallen, und er stand auf und kam an Bitzes Tisch.

„Ziemlich lange zur Toilette, Ihre Frau, oder meinen Sie nicht?" sprach er den Hauptkommissar an, der sich plötzlich an das Gesicht des anderen erinnern konnte.

„Snijder aus Amsterdam?" murmelte Bitze, doch der gab ihm mit einem Zeichen zu verstehen, nicht weiterzureden, und setzte sich an den Tisch.

„Später", raunte er Bitze zu. „Aber jetzt sollten Sie doch besser mal nachschauen, was dort hinten los ist."

Bitze stand auf und ging in den hinteren Bereich der Bar. Die Tür zur Damentoilette war geschlossen. Er überlegte, was sie wohl denken würde, wenn er jetzt dort hineinspaziert kam. Die rechten Worte für diese Situation fehlten ihm. Als er ganz nah an der Tür stand, stieg ihm ein leichter Chloroformgeruch in die Nase. Vorsichtig öffnete er die Tür, schloss sie aber sofort wieder, als er in das erstaunte Gesicht der Stangentänzerin blickte. Scheißegal, dachte er, machte die Tür erneut auf, ließ die verdutzte Tänzerin stehen, die noch nicht mal dazu kam, etwas zu sagen, geschweige denn zu schreien, und checkte den Raum.

Ellen Schrader war nicht da. „Entschuldigung", murmelte er zur Tänzerin und ging in die Bar zurück.

Snijder saß immer noch am Tisch und schaute Bitze erwartungsvoll an. Der hatte sein Handy aus der Tasche gezogen und klingelte gerade seinen Assistenten Beckbach aus den Federn. „Komm sofort in Claude's Bodega Bar, Paßstraße. Bitte beeil dich!" Dann wandte er sich an den Holländer: „Was machen Sie denn eigentlich hier?"

„Ich heiße übrigens Wim", antwortete dieser.

„Udo", antwortete Bitze mit einem Grinsen auf den Lippen, obwohl ihm danach nicht zumute war. „Also, Wim, wieso bist du hier, und vor allem, ohne dass ich das weiß?"

„Weißt du, ich mag diese bürokratischen Wege nicht, zumal ihr doch hier so eine merkwürdige Staatsanwältin habt. Ich kann mich noch gut an deine Stories über diese ziemlich selbstherrliche Person erinnern. Du hast ja während unseres Seminars genug davon erzählt, wie sie dir das Leben zur Hölle macht. Seid ihr eigentlich immer noch in dieser netten Form zusammen?"

In knappen Worten klärte Bitze Snijder über die Lage auf und dass es genau diese Staatsanwältin war, die soeben spurlos und sicherlich nicht aus eigenem Antrieb verschwunden war.

In diesem Moment betrat Beckbach die Bar und wurde zunächst von der leicht bekleideten Tänzerin in Beschlag genommen, die augenscheinlich ihre letzte Chance in dieser Nacht witterte.

*

Nur mit viel Mühe war es Conrad von Dudenhofen gelungen, den völlig aufgelösten Wüllner etwas zu beruhigen.

„Wer macht so etwas?“ fragte Wüllner jetzt schon zum x-ten Mal.

„Ich weiß es nicht, aber es gibt auf der Welt und auch hier im Pott Menschen, die, wenn es um Geld geht, noch ganz andere Dinge tun“, merkte der Anwalt an, und das wusste Wüllner schließlich auch aus eigener Erfahrung. Von Dudenhofen vermied es, dabei an Kropp und andere zu erinnern. Fast hätte er seinem Klienten den Rat gegeben, sich an die Polizei zu wenden, ließ es aber dann doch wohlweislich sein. Letztlich gab er Wüllner den Rat, noch einmal darüber nachzudenken, wen er denn heute an seiner Tür erwartet hatte. Da fiel es dem ziemlich angekratzten König der Bottroper Gesellschaft siedend heiß ein: Die Russen!

„Das glaube ich nicht“, sagte er und legte auf.

Das glaube ich für dich mit, dachte von Dudenhofen, der für sich langsam aber sicher den Zeitpunkt gekommen sah, die Fronten zu wechseln. Mit dem Plan, Kontakt zu Sergej Robotnikov aufzunehmen, legte er sich ins Bett.

*

Endlich war es Beckbach gelungen, sich von der Tänzerin zu lösen, die sich schmollend in eine Ecke verzog.

„Hör zu, Becki“, begann Bitze, nachdem er ihm den Kollegen Snijder aus Amsterdam vorgestellt hatte, „die Schrader ist augenscheinlich gekidnappt worden, hier und vor meinen Augen.“

„Kniet nieder, um diesen Tag zu preisen – und Sekt für alle“, entgegnete Beckbach, ein Blick in das Gesicht seines Hauptkommissars ließ ihn jedoch verstummen. „Hab ich was verpasst?“ fragte er in die Runde.

„My kind of Lady“, war alles, was Bitze dazu sagte, und da wusste Beckbach Bescheid.

„Supertramp“, fügte Bitze in Richtung Snijder hinzu.

Jetzt erst bemerkten alle drei, dass es völlig still und menschenleer in der Bar geworden war. Noch nicht mal ein Barkeeper war zu sehen.

„Normal ist das nicht“, stellte Beckbach fest.

Zunächst hatten sie darüber nachgedacht, den Laden mit einer kompletten Truppe auf links zu drehen, aber das würde der Staatsanwältin wohl kaum helfen. Außerdem verstanden sie nicht, warum jemand Ellen Schrader entführt haben sollte. Irgendjemand musste sie erkannt haben. Doch welchen Zweck sollte diese Aktion haben?

Noch einmal ging Bitze in den hinteren Bereich der Bar und schaute sich um. Da blieb sein Blick an einer Tür mit der Aufschrift PRIVAT hängen. Er winkte Snijder und Beckbach zu sich. Mit einem Kopfnicken signalisierten beide, dass es keinen anderen Weg gäbe. Langsam drückte Bitze die Klinke herunter, doch die Tür war verschlossen.

„Wir schließen jetzt“, rief plötzlich eine Stimme aus dem vorderen Bereich der Bar, und das nicht gerade in einem freundlichen Ton.

„Genau, wir schließen, und zwar diese Tür auf“, erwiderte Bitze im gleichen unfreundlichen Tonfall.

„Das glaube ich kaum“, erwiderte der Mann aus der Bar, „denn die ist ja schließlich privat.“

„Das interessiert mich einen Scheißdreck“, erklärte Bitze. „Sonst lasse ich den ganzen Laden auffliegen!“

Aber der Typ hinter der Theke blieb gelassen und fragte nach einem richterlichen Durchsuchungsbefehl. Widerwillig entschloss sich Bitze zum Rückzug, doch an der Tür drehte er sich noch einmal um und zitierte den Terminator. „Ich komme wieder!“

Mit einem unguten Gefühl im Magen und einem dicken Kloß im Hals fuhr Bitze nach Kirchhellen zurück, Snijder folgte ihm in seinem BMW, und auch Beckbach war der Meinung, dass sie ihr weiteres Vorgehen bei einer Flasche Iserlohner auf Bitzes Hof besprechen sollten, denn diese Nacht war eh gelaufen.

Wo bist du nur, Ellen Schrader? dachte Bitze, als er durch die Nacht fuhr. Aber ich werde dich finden, ganz bestimmt.

Der vierte Tag

An der Küste Hollands

Die ersten Sonnenstrahlen fielen ins Zimmer, als Köhne erwachte. Raisa schlief noch ruhig und friedlich. Eine warme Woge ging durch seinen Körper. Schnell stand er auf und sprang unter die Dusche.

Heute mussten sie versuchen, Bergen aan Zee zu verlassen, auch wenn er sich hier sehr wohlfühlte und noch gern einige Tage mit Raisa an der See verbracht hätte. Aber die Ereignisse des vergangenen Tages und der Nacht hatten ihm klargemacht, dass sie hier nicht sicher waren. Als er ins Zimmer zurückkehrte, war Raisa auch aufgestanden. Vorsichtig schaute er aus dem Fenster. Doch alles schien ruhig, und nichts Auffälliges war zu beobachten. Nachdem sie sich angezogen hatten, packten sie ihre Koffer, bezahlten das Appartement und machten sich auf dem Weg zum Parkplatz. Köhne erblasste. Der Platz, an dem sein alter Corsa gestanden hatte, war leer. Sein Auto war verschwunden. Schnell gingen sie wieder zurück zum Appartementhaus, doch so sehr sie auch schellten, niemand öffnete. Raisa begann zu zittern, und Köhne befürchtete, sie würde im nächsten Moment zusammenbrechen, doch es gelang ihm sie zu beruhigen.

„Und nun?“ fragte sie mit ängstlicher und tränenerstickter Stimme.

Köhne dachte nach, aber eine Lösung ihres Problems wollte ihm nicht einfallen. „Versuch bitte, noch einmal den Hauptkommissar zu erreichen“, sagte er dann.

Endlich erreichte sie einen völlig übernächtigten Snijder am Handy, der mit ihrer Situation im Moment völlig überfordert schien, irgendetwas von Bottrop brabbelte und ihr dann aber doch den Tipp gab, es bei Henk, dem Wirt der alten Strandkneipe, zu versuchen. Henk war früher Polizist. Snijder hatte ihm bei einem gemeinsamen Einsatz das Leben gerettet. Er würde ihnen bestimmt helfen. Um Tine, das versprach er Raisa, würde er sich später auch noch einmal kümmern, denn wenn er eines hasste, dann war es Vertrauensmissbrauch. Sie mussten also irgendwie versuchen, zur Strandkneipe zu kommen. Köhne fühlte den Griff des Messers, das er dem Unbekannten abgenommen hatte, in seiner Tasche, und das gab ihm ein Gefühl der Sicherheit.

„Lass uns am Wasser entlanggehen, da werden sie uns nicht vermuten“, schlug er vor.

Hand in Hand gingen sie zum Strand. Ein warmer Wind schlug ihnen entgegen. Wenigstens das Wetter zeigte sich von einer schönen Seite. Plötzlich entdeckte Köhne ihren Verfolger. Woher er gekommen war, konnte er nicht sagen. Köhne und Raisa beschleunigten ihre Schritte, doch ihr Gepäck verhinderte ein schnelleres Vorankommen. Meter um Meter kam ihr Verfolger näher.

Auf einmal erschien ein weiterer Mann am Rande der Dünen und bewegte sich auf sie zu. Doch zum Glück entdeckten sie in einiger Entfernung eine Touristengruppe, die ebenfalls den Strandweg zur alten Strandkneipe zurücklegte.

Schnell schlossen Raisa und Köhne zu dieser Gruppe auf, und in ihrem Schutz erreichten sie Henks Strandkneipe.

Am selben Morgen in Bottrop

Mit nie gekannten Kopfschmerzen erwachte Bitze am nächsten Morgen. Auch Beckbach und Snijder machten nicht den besten Eindruck, denn schließlich hatten sie bis zum Morgengrauen darüber nachgedacht, wie sie vorgehen sollten. Eine sinnige Lösung war ihnen nicht eingefallen.

Allerdings hatten einige Flaschen Iserlohner daran glauben müssen. Zu allem Überfluss hatte Snijder am Morgen erfahren, dass es große Probleme bei seiner Informantin in Holland, die als Einzige über Einzelheiten der Ruhrgebietsszene verfügte, gab. Er hoffte, dass sie eine Möglichkeit finden würde, dort zu entkommen. Nach einer kalten Dusche und einem starken Kaffee war Bitzes Kampfeslust wieder entbrannt, und er beschloss, zunächst zur Dienststelle zu fahren und von dort die nächsten Aktionen zu planen. Das Klingeln seines Telefons ließ ihn zusammenzucken. Es war Ellen Schrader. „Hör zu“, sagte sie, und für einen Moment fühlte er sich gut wie selten, „die haben mich in ihrer Gewalt und spaßen nicht.“

„Wer sind die?“ fragte er, doch sie machte ihm klar, dass es für weitere Erklärungen keine Zeit gab.

„Sie wollen eine gewisse Raisa und sie gegen mich austauschen. Wenn das klappt, siehst du mich wahrscheinlich nie mehr wieder. Sie halten mich für deine Frau. Du musst mir helfen!“

„Ich lass doch meine Frau nicht im Stich“, antwortete er. Doch da wurde das Gespräch schon beendet.

Beckbach blickte verwundert von seinem Schreibtisch auf, aber Bitze informierte ihn und Snijder über die Hintergründe. Sie waren sich einig, auf keinen Fall auf die Bedingungen einzugehen, sondern eine andere Lösung herbeizuführen.

Nur welche, das wussten sie auch noch nicht.

An der Nordseeküste Hollands

Mit der Reisegruppe erreichten Raisa und er Henks Strandkneipe. Selten hatte sich Köhne so über die Gesellschaft von Sachsen gefreut. Der Akzent, mit dem sich die Gruppe unterhielt, enttarnte sie als Bürger von Dresden und Umgebung. Wie er später feststellte, war es der Chor der Dresdener Frauenkirche, der einen Ausflug nach Holland unternommen hatte. Nie hatte Köhne an eine himmlische Fügung geglaubt, aber dies musste eine sein.

Die Enge in Henks Kneipe verlieh ihnen ein Gefühl der Sicherheit, und sie genossen die Anwesenheit der Sängerinnen und Sänger. Durch das Fenster zur Straße konnten sie ihre beiden Verfolger sehen, die augenscheinlich heftig miteinander diskutierten. Irgendwann trat Henk an ihren Tisch und fragte nach ihrer Bestellung. „Schöne Grüße von Wim Snijder", antwortete Köhne. Henk stutzte kurz, nahm dann für einen Moment an ihrem Tisch Platz. In wenigen Worten klärte Köhne den ehemaligen Polizisten auf. Henk nahm die beiden Männer wahr, die immer noch vor der Strandkneipe warteten und keine Anstalten machten, den Platz zu räumen.

„Später", meinte er mit leiser Stimme, „jetzt esst und trinkt erst mal was, dann sehen wir weiter."

In diesem Moment stimmte die Dresdener Kantorei einen Choral an, der für einen Moment etwas Sakrales in die schnöde Wirtschaft hauchte.

Ergriffen lauschten Raisa und Köhne und vergaßen für einen kurzen Augenblick die Gefahr, in der sie schwebten.

In Bottrop

Auf der Dienststelle hatten Bitze und Beckbach beschlossen, dass es momentan das Beste wäre, wenn Snijder so schnell wie möglich nach Holland zurückfahren würde, um sich vor Ort um besagte Raisa und deren Sicherheit zu kümmern. Es würde ja keinem nützen, wenn ihr etwas zustoßen würde, und schon gar nicht Ellen Schrader.

Sie wollten zunächst Jo Wüllner einen Besuch abstatten, und der würde nicht so friedlich ablaufen wie der letzte. Auch Wim Snijder meinte, dass das wohl besser für die weiteren Ermittlungen wäre, bat aber darum, über die Ereignisse in Bottrop auf dem Laufenden gehalten zu werden.

Snijder hatte gerade Bitzes Büro verlassen, als das Telefon klingelte. Es war Eugen Homm, Chefredakteur der größten Tageszeitung vor Ort. Bitze hatte sich schon gewundert, dass es in den Medien nach der Ermordung Kemmerlings relativ ruhig geblieben war. Für ihn war das ein Zeichen dafür, dass der eigenwillige Kemmerling und seine ungewöhnlichen Methode der Recherche bei seinen Kollegen wohl nicht so beliebt gewesen war.

„Finden Sie nicht auch, Herr Hauptkommissar", begann Homm das Gespräch, „dass die Öffentlichkeitsarbeit Ihrer Dienststelle sehr zu wünschen übrig lässt? Da wird ein allseits beliebter und engagierter Mitarbeiter unserer Zunft ermordet, und außer einer lapidaren Mitteilung über den Vorfall geschieht nichts? Arbeiten Sie überhaupt noch an dem Fall, oder ist die Sache bereits abgehakt? Vielleicht haben Sie ja schon einmal etwas von einer Pressekonferenz gehört, um die Öffentlichkeit vernünftig zu informieren. Oder haben Sie in Ihrem Laden etwas zu vertuschen? Zwei Tote in Bottrop innerhalb kürzester Zeit, das stimmt mich und sicherlich auch die Bevölkerung sehr nachdenklich. Was sagt denn Ihre Staatsanwältin dazu, oder sprechen Sie seit Neuestem gar nicht mehr mit ihr? Das wäre ja nichts Überraschendes."

Bitze hatte insgeheim schon mit diesem Anruf gerechnet und noch am Morgen, nach seiner Nachtsitzung mit Beckbach und Snijder, darüber nachgedacht, in welchem Umfang die Medien aufgeklärt werden müssten.

Natürlich musste er vorsichtig sein, vor allem, um Ellen Schraders Leben nicht zu gefährden. Die süffisante Bemerkung des Redakteurs hatte nicht gerade zur Besserung der Situation beigetragen. Wo war sie, und wer steckte dahinter? Wie sollte er das Verschwinden der Presse verkaufen?

„Ich finde auch, Herr Chefredakteur“, sagte Bitze, „dass es an der Zeit ist, mit den aktuellen Fakten an die Öffentlichkeit zu gehen. Ich werde unsere Pressestelle bitten, mit der Staatsanwaltschaft einen Termin für eine Pressekonferenz abzustimmen. Sie werden dann auf den üblichen Wegen informiert. Mehr kann ich zurzeit leider nicht für Sie tun.“

Damit war das Gespräch beendet.

„Bevor wir zu Wüllner fahren“, meinte Bitze danach zu Beckbach, „möchte ich mir die Bodega Bar bei Tag ansehen. Vielleicht können wir etwas entdecken, was wir in der Nacht nicht gesehen haben.“

Kurze Zeit später saßen sie im alten Peugeot und fuhren Richtung Passstraße. Aus den Boxen kam „From now on“, Bitzes Lieblingssong der letzten Tage.

In Henks Strandkneipe, weit weg von Bottrop

Eine Stunde lang hatten die Sängerinnen und Sänger der Dresdener Kantorei mit ihren Liedern die Gäste der urigen Strandkneipe unterhalten, dann fuhr ihr Bus vor, und sie traten ihre Heimreise an. Raisa und Köhne blieben allein in der Kneipe zurück.

„Wo ist Henk eigentlich?“ fragte Raisa.

Jetzt fiel es Köhne auch auf, dass der Ex-Polizist und jetzige Kneipenwirt schon seit längerer Zeit nicht mehr im Schankraum aufgetaucht war. Solange der Chor das Lokal gefüllt hatte, war das auch nicht weiter aufgefallen, und Raisa und Köhne hatten sich in den Bann ihrer Lieder ziehen lassen. Köhne schaute aus dem Fenster. Die beiden Männer, die sie bis zur Kneipe verfolgt hatten, waren verschwunden. Irgendwas gefiel ihm nicht. Er wurde unruhig.

Hier ist etwas faul, meldete ihm seine innere Stimme, und auf die konnte er sich meistens verlassen. Er beschloss, nach Henk zu schauen und wies Raisa an, sich nicht von der Stelle zu bewegen.

„Ich habe Angst, Liebling. Sollen wir nicht besser hier auf Henk warten? Er wird schon kommen.“

Aber es war nicht Henk, der plötzlich aus dem hinteren Bereich der Kneipe in den Raum stürmte, sondern die beiden Unbekannten, und was sie in den Händen hielten war kein Serviertablett, sondern großkalibrige Handwaffen. Der eine sah Köhne grimmig an. Köhne war klar, warum.

Es war der Typ, den er am Gartenzaun überrumpelt und niedergestreckt hatte. Statt in Sicherheit sitzen wir in einer Falle, ging es Köhne durch den Kopf.

„Los, steht auf", befahl der größere der beiden Männer. „Und du", dabei zeigte er mit der Waffe auf Raisa, „komm her!"

Raisa ließ Köhnes Hand los und ging zögernd auf die Männer zu. Hart fasste sie der andere Fremde am Handgelenk.

„So, du kleine, miese Nutte. Time to say goodbye", und dabei zielte er mit seiner Waffe auf Köhne.

Dieser spürte, wie ihm der Schweiß in den Nacken lief. So sollte also sein Leben enden, im Angesicht der Frau, die er über alles liebte, in einer kleinen holländischen Kneipe, fernab von Bottrop, von einer elenden kleinen Kugel niedergestreckt.

Er dachte an seine Mutter. Sie würde auf ihn warten, ihr Telefon nicht mehr aus den Augen lassen, weil er doch mal wieder anrufen müsste. Sie war immer für ihn da gewesen, aber jetzt konnte auch sie ihm nicht mehr helfen.

Doch am meisten schmerzte ihn der Ausdruck in Raisas Gesicht. Sie hatte seinem Leben einen neuen Sinn gegeben. Er hätte alles für sie getan, und jetzt musste er sterben, sinnlos, ohne ihr helfen zu können. Köhne war verzweifelt. Er blickte in das maskenhafte Antlitz des Unbekannten.

„Versuch es nicht, Hurensohn", sagte er zu Köhne. Langsam krümmte sich der Finger des Fremden.

Tausende Gedanken rasten Köhne durch den Kopf, als er zum Sprung ansetzte. Es war seine einzige Chance, und als das Fensterglas zersplitterte, war in der Kneipe ein leises ‚Plop' zu vernehmen.

Raisa schrie auf und versuchte, sich loszureißen, doch der Fremde hielt sie fest. Der andere Mann lief zum Fenster, aber nichts war zu sehen. Köhne lief um die Ecke des Hauses, und da bemerkte er, dass Blut an seinen Armen herunterlief. Scheinbar hatte er sich beim Sprung durch das Fenster erhebliche Schnittwunden zugezogen. Ein Arzt, war sein erster Gedanke, doch dann dachte er an Raisa. Er spürte, wie ihm übel wurde. Er hatte große Mühe, auf den Beinen zu bleiben.

Plötzlich begannen sich Meer und Wolken zu drehen. Dann wurde es dunkel um ihn herum.

In Bottrop zur selben Zeit

Auf der Fahrt zur Bodega Bar schwiegen Bitze und Beckbach. Bitze summte leise den Supertramp Song. Beckbach verstand die Welt nicht mehr, wenn er an die Entwicklungen der letzten Stunden dachte. Was war mit Bitze und der Staatsanwältin passiert? Wie konnte aus Hass Liebe werden? So etwas gab es doch nur in Soaps oder kitschigen Heimatfilmen.

Endlich erreichten sie die Bar. Auf dem Parkplatz war kein Fahrzeug zu sehen, und die dunkelroten Jalousien vor den Fenstern waren heruntergelassen.

„Hier scheint niemand im Haus zu sein“, meinte Beckbach.

„Umso besser“, erwiderte Bitze, „dann können wir uns mal in Ruhe umsehen. Wir müssen uns auf das Gelände hinter dem Haus konzentrieren, denn alles was heute Nacht passiert ist, war im hinteren Bereich.“

Sie gingen um das rote Backsteinhaus herum und gelangten in einen Garten, der von dichten, hohen Hecken umgeben war. Dazwischen gab es einen Durchgang, der zu einer Straße führte. Eine Treppe endete an einer Kellertür aus Holz, die einzige Möglichkeit, von hier ins Haus zu kommen. Bitze schaute Beckbach kurz an, und der nickte ihm zu. Die Holztür zersplitterte unter Bitzes Fußtritt. Im Flur war es stockdunkel. Bitzes Hand tastete die Wand nach einem Lichtschalter ab, und eine schummrige Beleuchtung zeigte ihnen den Weg. Am Ende des Ganges befand sich eine weitere Tür, die einen Spalt offen stand. Vorsichtig schob Bitze sie weiter auf und meinte Stimmengemurmel zu hören. Er gab Beckbach ein Zeichen, leise zu sein und ging einen weiteren Schritt durch die halbgeöffnete Tür. Das Murmeln wurde lauter. Es kam eindeutig aus einem Raum rechts von ihm.

Er drückte die Klinke herunter, doch die Tür war abgeschlossen. Im Raum war es plötzlich still geworden. Beckbach gab ihm einen Wink Richtung Schlüsselloch, und da sah Bitze es auch: Der Schlüssel steckte im Schloss. Nach einem kurzen Zögern drehte Bitze den Schlüssel um und öffnete die Tür.

Beckbach hatte vorsorglich seine Dienstwaffe gezogen, um seinem Kollegen Schutz zu gewähren. Aber diese Maßnahme war überflüssig, denn in dem spartanisch eingerichteten Raum saßen fünf verängstigt blickende junge Frauen, die sich eng aneinanderschmiegten und an den Händen hielten.

„Ach du Scheiße“, entfuhr es Bitze. Sie versuchten, den Frauen klarzumachen, dass sie von ihnen nichts zu befürchten hatten, aber die Frauen schienen sie nicht zu verstehen. Bitze zog seinen Dienstausweis aus der Tasche und ging ein Stück auf sie zu, woraufhin sie ängstlich zurückwichen. „Polizei“, sagte er und hoffte, die Damen würden das verstehen.

Eine nickte ihm zu und löste sich aus der Umklammerung der anderen. „Wir große Angst“, stammelte sie, „Männer schlagen uns, sind böse und gemein, geben uns Passport nicht wieder.“

Bitze verstand sofort. Ähnliches hatte ja auch schon die Frau berichtet, die Snijder in den Niederlanden gefunden hatte. „Ruf am besten eine Streife an. Wir bringen sie erst mal hier raus“, meinte er zu Beckbach, der schon zum Handy gegriffen hatte.

Während Beckbach telefonierte, inspizierte Bitze die oberen Räume der Bar. Es gab aber keine Spuren oder Anhaltspunkte auf Ellen Schraders Verbleib. Er merkte schnell, dass von den Damen nicht viel zu erfahren war. Schließlich trafen die Kollegen von der Wache ein, an ihrer Spitze Polizeihauptmeister Polzin, mit dem Bitze schon öfter zu tun gehabt hatte.

„Na, Kollege Bitze, eigenwillige Art eine Tür zu öffnen, aber scheinbar erfolgreich“, merkte der an und ließ sich von den beiden Beamten kurz die Lage erklären.

Polzin wollte noch wissen, wie Bitze denn sein Vorgehen der Frau Staatsanwältin erklären würde, und er gab ihm den freundschaftlichen Rat, sich dafür wohl sehr warm anzuziehen.

Bitze nickte ihm zu und meinte: „Wird schon, Kollege, aber jetzt bringt die Damen erst mal in eine sichere Umgebung, versucht die Personalien aufzunehmen und hütet sie vorerst wie eure Augäpfel.“

Etwas beruhigter gingen die Frauen mit den Streifenbeamten mit, sichtlich froh, ihren ungastlichen Aufenthaltsort verlassen zu können.

„Und nun?“ Beckbach deutete auf den Raum. „Sollen wir noch einmal alles durchkämmen?“

Bitze war sicher, dass im Keller nichts zu holen war, obwohl er die ganze Zeit das Gefühl nicht loswurde, irgendetwas übersehen zu haben.

*

Conrad von Dudenhofen hatte sich schon früh am Morgen auf den Weg zu Wüllner gemacht, um vor Ort alles Weitere zu klären. Wüllner wirkte übernächtigt und nervös. Die Sache mit seinem Dobermann hatte ihm keine Ruhe gelassen. Vielleicht hätte er sich nie und nimmer mit Robotnikov einlassen sollen? Aber jetzt kam er wohl kaum aus der Nummer raus, und wenn, dann nur mit Hilfe. Und für die sollte sein Anwalt sorgen, denn schließlich hatte er ihn jahrelang an seinen lukrativen Geschäften teilhaben lassen.

„Uns wird wohl nichts anderes übrig bleiben, als zu zahlen“, begann von Dudenhofen das Gespräch. „Wer weiß, was sonst noch alles passieren wird. Schließlich läuft das Geschäft mit den russischen Miezen bisher doch noch ganz ordentlich.“

„Schon“, antwortete Wüllner, der in Gedanken längst sein Imperium zusammenbrechen sah, „aber ich befürchte, dass Robotnikov unersättlich ist und den ganzen Kuchen für sich haben will. Da bleiben am Ende noch nicht mal ein paar Krümel für uns. Wir müssen einen Weg finden, uns von ihm abzusetzen."

„Willst du alles hier aufgeben?" Von Dudenhofen war fassungslos. Hatten denn Wüllner jetzt alle guten Geister verlassen? Wo war sein Kampfeswille geblieben?

Das Klingeln an der Haustür ließ beide zusammenfahren, obwohl sie wussten, dass es nur Robotnikov sein konnte. „Das Beste ist, wir öffnen und reden, vergiss bitte für einen Moment deinen Hund und schalte deinen Verstand ein. Vergiss nicht, was du dir alles hier aufgebaut hast." Von Dudenhofen ging zur Tür und ließ Robotnikov und seine beiden Begleiter ein.

„Jo, mein alter Freund", begrüßte der Russe Wüllner, der mit versteinerter Miene im Raum stand. „Kommt dein freundlicher Hund gar nicht zur Begrüßung?"

Wüllner schaute sein Gegenüber verächtlich an. „Heuchel doch nicht so rum, du weißt ganz genau, was mit meinem Tier passiert ist."

„Ich weiß wirklich nicht, was du meinst, oder könnt ihr mir das erklären?" wandte er sich an seine Begleiter, die lediglich mit dem Kopf schüttelten. „Im Tierheim gibt es Hunderte, mein Freund, da wird sich doch schon etwas Passendes für dich finden. Aber vorher müssen wir unsere Geschäfte regeln. Ich hoffe doch nicht, dass du mich reinlegen wolltest, oder?"

Von Dudenhofen hatte zwei Koffer hereingeholt und reichte sie dem Russen. „Geht doch", meinte Robotnikov und reichte die Koffer seinen Begleitern. Als er schon fast an der Tür war, drehte er sich noch einmal um: „Ach übrigens, mein Freund, uns ist da noch ein süßes Turteltäubchen ins Netz gegangen. Das werde ich dir gern als Ersatz für deinen Hund überlassen, aber vorsichtig, sie ist sehr bissig. Doch wie ich dich kenne, wirst du sicherlich mit ihr zurechtkommen. Vielleicht bekommst du ja so deine Geliebte, wie hieß sie noch mal, Raisa wieder. Du siehst, ich bin nicht undankbar."

Robotnikov öffnete die Tür, und im nächsten Moment waren er und seine Begleiter verschwunden.

„Was hat er denn damit gemeint?" Wüllner sah seinen Anwalt fragend an.

Ein holländischer Küstenort

Köhne öffnete langsam die Augen und blinzelte ins Licht.

So sieht es also im Himmel aus, dachte er. Aber was sollte er im Himmel ohne Raisa? Ich habe sie im Stich gelassen, fuhr es ihm durch den Kopf, und er versuchte, aufzustehen. In seinem Schädel hämmerte es wie in einer Schmiede. Er sah sich um. Er lag auf einem großen Bett in einem kleinen, gemütlichen Raum, der ihn an sein Appartement erinnerte.

„Na, da sind Sie ja wieder“, hörte er auf einmal eine Stimme, und er sah einen großen, kräftigen Mann mit Rauschebart, der am Fußende seines Bettes stand.

Ist denn schon Weihnachten? dachte er.

„Nicht erschrecken, ich sehe immer so aus“, meinte der Bärtige mit einem Lächeln auf den Lippen.

„Wo bin ich?“ fragte Köhne.

„Gestatten, Doktor Claas Kerkhoff. Mein Freund Mart hat Sie blutüberströmt auf der Straße gefunden und zu mir gebracht. Er glaubte, Sie seien von einem Auto angefahren worden und man hätte Sie einfach liegengelassen, aber ich habe nur große Schnittverletzungen festgestellt, die nicht von einem Auto stammen können.“

Jetzt bemerkte Köhne, dass seine Arme und auch seine Stirn frisch verbunden waren, und er lächelte den Arzt an. „Da habe ich wohl noch einmal Glück gehabt.“

„Der Blutverlust war schon ziemlich heftig“, antwortete der Arzt, „aber Sie kommen bestimmt schnell wieder auf die Beine, so zwei, drei Tage werden Sie sich gedulden müssen.“

Köhne zuckte zusammen, dann wäre es unmöglich, Raisa wiederzufinden. In knappen Sätzen erzählte er dem Arzt seine Geschichte und von den Ereignissen der letzten Stunden. Doktor Kerkhoff hörte zu und runzelte die Stirn.

Auch ihm war klargeworden, dass sein Patient so wenig Zeit wie möglich verlieren wollte, aber der Gesundheitszustand ließ nichts anderes zu. Er versprach Köhne, zunächst einmal in der Strandkneipe nachzuschauen, ob dort noch Spuren zu finden wären. Er konnte Köhne nur mit Mühe davon abhalten, aufzustehen und mitzukommen.

Claas Kerkhoff machte sich auf den Weg zu Henks Kneipe und sah schon von weitem, dass mehrere Polizeiautos vor dem Lokal standen. Außerdem bemerkte er noch einen silbernen BMW. In diesem Moment kam Wim Snijder aus der Kneipe.

Kurz vor der Polizeiabsperrung trafen sie aufeinander, und Kerkhoff bemerkte, dass sein Gegenüber ziemlich fertig aussah. Snijder räusperte sich kurz und erklärte Kerkoff, dass die Kneipe heute wohl geschlossen bliebe.

„Was ist denn passiert?“ wollte der Arzt wissen.

„Jemand ist umgebracht worden“, antwortete Snijder.

Kerkhoff stellte sich vor und erläuterte Snijder den Grund, warum er sich auf den Weg zur Strandkneipe gemacht hatte. Snijder wurde hellhörig und forderte ihn auf, ihm zu seinem Fahrzeug zu folgen. Dort stellte er ihm weitere Fragen. Mit jeder Antwort wurde ihm klarer, dass der Mann im Haus des Arztes ein wichtiger Zeuge in diesem Fall war. Er beschloss, Kerkhoff nach Hause zu fahren. Er wollte den Verletzten unbedingt sprechen und hoffte, durch ihn neue Fakten und Details zu bekommen.

Als sie auf die Hauptstraße einbogen, erzählte ihm der Inspektor, dass sie Henk, den Wirt der Strandkneipe, erschossen in der Küche gefunden hatten.

Bottrop, am selben Tag

Nachdem die Streifenbeamten das Haus verlassen hatten, ging Bitze noch einmal durch den Flur nach oben, Beckbach folgte ihm. Er schaute sich nach allen Seiten um und hatte wieder ständig das Gefühl, etwas zu übersehen. Im vorderen Bereich der Bar war alles so, wie er es am Vorabend bereits gesehen hatte. Hinten in einer der Ecken sah er den kleinen Tisch, an dem er mit Ellen Schrader gesessen hatte. Im mittleren Bereich befand sich die kleine Tanzfläche, auf der sich die gar nicht mal unattraktive Frau redlich Mühe gegeben hatte, sich den Gästen zu präsentieren. Bitze setzte sich noch einmal an den kleinen Tisch und dachte nach. War Ellen Schrader vielleicht etwas aufgefallen, als sie aufgestanden war? Hatte sie die Toilette tatsächlich erreicht? Er stand auf und ging den Weg zur Damentoilette noch einmal nach, so wie er es in der Nacht auch schon getan hatte.

Vor der Tür verharrte er und sah, dass ein langer Flur ins Hintere des Gebäudes führte.

Er gab Beckbach ein Zeichen. Sie kamen in einen langen, dunklen Gang.

Plötzlich spürte Bitze einen Gegenstand unter seinem Schuh und blieb stehen. Er bückte sich und ertastete einen Kugelschreiber und steckte ihn ein. Einige Schritte später erreichten sie eine Tür, die nicht verschlossen war. Vorsichtig gelangten sie in einen spärlich möblierten Raum, in dem lediglich ein Tisch, zwei Stühle und ein offenstehender Schrank waren. Im Schrank sahen sie eine ganze Reihe Medikamente, die kaum in der Apotheke an der Ecke verkauft worden waren.

„Schau an, da scheint ja für jede Art von Betäubung etwas dabei zu sein." Beckbach nahm eine Ampulle in die Hand.

Bitze sah sich den Kugelschreiber jetzt genauer an, und plötzlich fiel ihm ein, wo er ihn schon einmal gesehen hatte. Auf Ellen Schraders Schreibtisch bei seinem letzten Besuch in ihrem Büro! Also war sie es gewesen, die ihn im Flur fallengelassen hatte, in der Hoffnung, er würde ihn finden und als Zeichen deuten können.

Aber wo hatte man sie von hier aus hingebracht?

Während er darüber nachdachte, hörten sie, wie die Haupteingangstür geöffnet wurde. Stimmen aus dem vorderen Bereich der Bar drangen zu ihnen herüber. Ohne Zweifel waren dort Männer, die sich russisch unterhielten.

Bitze gab Beckbach ein Zeichen, die Tür zu schließen. Die Stimmen wurden immer lauter und waren nun sehr deutlich zu vernehmen. Wenn Bitze sich nicht ganz täuschte, waren es Russen.

Bitze und Beckbach drückten sich fest an die Wand hinter der Tür, als diese langsam geöffnet würde. Für einen Moment hielten sie den Atem an, und Beckbach tastete vorsichtig nach seiner Waffe. Aber da wurde die Tür wieder geschlossen, und die Schritte und Stimmen entfernten sich. Bitze gab Beckbach ein Zeichen, sich nicht zu rühren, und sie verharrten in ihrer Position. Es schien ihnen wie eine Ewigkeit, bis sie das Gefühl hatten, wieder allein im Haus zu sein. Behutsam öffneten sie die Tür und lauschten, aber es war totenstill im Haus.

„Das war Glück", meinte Beckbach und stieß Bitze mit dem Ellenbogen an. Der aber reagierte nicht, und Beckbachs Blick fiel auf den Fußboden.

Da war eine Klappe eingelassen. Mit vereinten Kräften hoben sie die Falltür hoch, und ihr Blick fiel auf einen kleinen Raum, der an ein Verlies erinnerte. Trotz des schummrigen Lichts erkannten sie, das der Raum leer war, bis auf etwas, das Bitzes Blut in den Adern gefrieren ließ. Auf dem Boden lag Ellen Schraders Lederjacke.

Zurück in Holland

Wim Snijder war gespannt auf Kerkhoffs Patienten, weil er hoffte, durch ihn neue Anhaltspunkte zu finden. Denn nicht nur einer seiner besten Freunde war ermordet worden, sondern auch die Frau, die er in Sicherheit gebracht hatte, war den Gangstern in die Hände gefallen.

Köhne hatte, obwohl er ständig an Raisa denken musste, ein wenig geschlafen und fühlte sich schon etwas besser, als der Arzt mit einem ihm unbekannten Mann zurückkehrte.

Snijder stellte sich vor und zeigte ihm seinen Dienstausweis. „Was ist in Henks Kneipe geschehen?"

Köhne schwieg einen Moment und sagte dann: „Plötzlich kamen zwei Männer durch die Küchentür ins Lokal, rissen Reisa an sich und bedrohten uns mit einer Waffe." Er musste schlucken. „Ich sah Raisa und die Pistolen auf sie und mich gerichtet und sprang aus dem Fenster. Ich wollte nur weg und Hilfe holen, aber ich habe sie im Stich gelassen. Ich hätte bei ihr bleiben müssen."

Snijder machte sich Notizen. Als Köhne von seinem Corsa erzählte, der nicht mehr auf dem Parkplatz gestanden hatte, stutzte Snijder und telefonierte. Prompt kam eine Antwort von der Dienststelle in Egmond zurück, die am Vortag einen ausgebrannten Wagen am Rand der Stadt sichergestellt hatten, aber es stellte sich heraus, dass es sich bei diesem Fahrzeug um einen Transporter gehandelt hatte. Snijder vermutete, dass die Unbekannten anscheinend mit Köhnes Wagen unterwegs waren, und er gab vorsichtshalber das Kennzeichen durch.

Irgendwo müssten sie doch gesehen werden.

Köhne vermutete, dass die Männer Raisa zurück ins Ruhrgebiet und dort wahrscheinlich nach Bottrop bringen würden. Erneut griff Snijder zum Handy, und diesmal wählte er Bitzes Nummer. Er erfuhr, dass Bitze sich in der Bodega Bar umsah und dort die Lederjacke der Staatsanwältin gefunden hatte.

„Glaubst du, dass es einen Zusammenhang geben könnte?" wollte Bitze wissen.

Snijder war noch etwas unschlüssig. „Es könnte durchaus sein, dass wir auf Zusammenhänge und Gemeinsamkeiten stoßen, aber noch sind die Indizien zu dürftig. Ich muss hier noch etwas klären, und dann komme ich zu euch nach Bottrop."

Vorher stand ein Besuch bei Tine auf seinem Programm. Obwohl Doktor Kerkhoff große Bedenken hatte, konnte er Köhne nicht davon abhalten, Snijder zu begleiten. Er wollte die Person sehen, die vermutlich Raisa verraten hatte. Snijder bestand unmissverständlich darauf, dass er sich gegenüber Tine zurückhalten solle.

„Ich möchte, dass sie nicht sofort merkt, dass ich von ihren Geschäften weiß, damit ich vielleicht Hintergründe erfahre", meinte er im Wagen zu Köhne, als sie vor Tines Haus anhielten. Er hatte es doch für sinnvoller erachtet, dass Köhne im Auto auf ihn wartete.

Tine Jongbloed begrüßte ihren alten Freund überschwänglich und bat ihn herein. Sie erzählte ihm, dass die junge Frau, die er vor ein paar Tagen zu ihr gebracht hatte, das Haus bereits am Tag danach früh wieder verlassen hatte und seitdem nicht wieder aufgetaucht war. Scheinbar hatte sie wohl jemanden gefunden, bei dem es sich eher lohnte zu bleiben. „Reiche Säcke mit lockerem Portemonnaie laufen doch immer wieder hier an der See auf“, meinte sie abfällig zum Hauptkommissar, „daran habe ich mich in den Jahren schon gewöhnt.“

„Bei Raisa ist das mit Sicherheit anders“, antwortete Snijder mit fester Stimme, die keinen Widerspruch zuließ.

Tine bemerkte die aufkommende Aggressivität und versuchte ihn abzulenken. „Weißt du noch unser Strandfest vor drei Jahren“, begann sie, aber Snijder unterbrach sie barsch.

„Lass die alten Geschichten, Tine, ich will wissen, was hier los war!“

„Nichts!“ Tines Stimme wurde lauter. „Was weiß ich, wo die kleine Schlampe hin ist!“

„Genau das will ich von dir wissen. Entweder du sagst mir jetzt alles, was du weißt, oder ich rücke hier mit meiner ganzen Mannschaft an, und wir stellen deinen Laden hier komplett auf den Kopf.“

Tine zögerte einen Moment. Dann begann sie zu erzählen.

Von dem Tag an, als ihr Mann sie bei Nacht und Nebel verlassen hatte, von den Geldproblemen, die sie hatte, und von dem Touristen, den sie eines Tages kennengelernt hatte, und der ihr ein lukratives Einkommen in Aussicht gestellt hatte. Alles, was sie tun musste, war Frauen, die zu ihr gebracht wurden, für eine gewisse Zeit zu beherbergen. Sie hatte nie nachgefragt, warum diese Frauen zu ihr kamen und was mit ihnen passierte. Das Einzige, was sie mitbekommen hatte, war, dass es sich bei den Frauen um Russinnen handelte, die von einer Agentur vermittelt wurden. Alles war problemlos verlaufen, bis er vor ein paar Tagen mit dieser Raisa aufgetaucht war. Jewgeni Firsov war ihr Ansprechpartner, und sie hatte ihn sofort informiert. Es ging um viel Geld, sie brauchte es, und deshalb hatte sie es getan. Firsov war auch sofort gekommen, um sich persönlich um die Sache zu kümmern. Kurz nachdem die Frau das Haus verlassen hatte, war auch Firsov gegangen, und auch von ihm hatte sie nichts mehr gehört.

„Was weißt du von diesem Firsov noch?" fragte Snijder nach.

Sie wusste lediglich, dass er ein kleines Haus in der Nähe von Den Helder hatte und von dort aus seine Geschäfte in den holländischen Badeorten organisierte. „Ich musste es tun, sonst wäre alles hier für mich vorbei gewesen", beteuerte sie, „du glaubst ja gar nicht, wie brutal diese Leute vorgehen."

Doch, das glaubte er, die Ereignisse in Bottrop hatten es ja gezeigt. Für den Moment hatte er genug erfahren, und er verließ das Haus, nicht ohne Tine darauf hinzuweisen, dass sie sich zur Verfügung halten müsse. Mit der Enttäuschung einer verlorenen Freundschaft und einer kleinen Prise Mitleid kehrte er zu Köhne in den BMW zurück. Ein Netzwerk, ging es ihm durch den Kopf, als er den Motor anließ. Ich bin gespannt, was mein Freund Bitze dazu sagen wird.

Rick und Roger

Außer der Jacke hatte Bitze in dem Verlies nichts entdeckt, und er beschloss, den Rückzug anzutreten, als sein Blick auf eine halbgeöffnete Schublade des Tisches fiel. Er zog sie auf und sah einen handgeschriebenen Zettel. Ein Blick auf die Schrift sagte ihm, wer der Verfasser der Zeilen war. „Da schau her", meinte er zu Beckbach, „unser Freund Bruno hat seinen Freunden hier ein Ultimatum gestellt. Was aber wollte er bloß mit 10.000 Euro, ihm ging es doch selten ums Geld?"

„Geld hat er letztlich nicht bekommen, sondern eine Kugel", erwiderte Beckbach.

Was genau hatte Kemmerling gewusst? Noch eine Frage, die Bitze nicht hundertprozentig beantworten konnte. Aber eins war klar. Ellen Schrader war in der Nacht zunächst in diesen Raum gebracht worden, den er am Abend nicht entdeckt hatte, und wahrscheinlich viel später noch an einen anderen Ort.

„Lass uns zur Dienststelle zurückfahren, bevor wir hier noch mal überrascht werden", schlug Beckbach vor. „Wir sollten uns dann mit den Frauen unterhalten. Vielleicht können sie uns ja doch einiges erzählen."

Bitze stimmte zu, nahm die Lederjacke unter den Arm, und durch den Keller gingen sie nach draußen. Notdürftig verriegelten sie die Tür, waren sich aber sicher, dass spätestens am Abend den Leuten der Bodega Bar klar sein dürfte, dass jemand hier gewesen war. Auf der Fahrt zur Dienststelle stellten beide fest, dass es schon spät geworden war, und sie beschlossen, mit der Befragung der Frauen am nächsten Tag zu beginnen. Stattdessen wollte Bitze die Zeit nutzen, um mit der Pressestelle und der Staatsanwaltschaft die Inhalte der Pressekonferenz zu besprechen. Vergebens hatte er den ganzen Tag auf ein Lebenszeichen oder eine Nachricht Ellen Schraders gewartet, und er hielt es mittlerweile für notwendig, auch darüber die Presse einzuweihen.

Auf der Fahrt zu seinem alten Kotten, draußen in Kirchhellen, fuhr er noch einmal an der Bodega Bar vorbei. Er stellte fest, dass an diesem Abend der Betrieb eingestellt worden war, und schmunzelte.

Als er wenig später seinen Hof erreichte, wartete eine weitere Überraschung auf ihn. Vor ihm stand seine Nachbarin Grete Vonhoff und hatte zwei alte altmärkische Kaltblüter am Zügel. Bitze stutzte. Bevor er etwas sagen konnte, meinte Grete: „Hallo Udo, gut, dass du kommst, die beiden habe ich heute aus einem polnischen Laster befreit, der auf der Straße zwischen Movie Park und Autobahn eine Panne hatte. Ich weiß, es ist schon spät, aber du hast doch hinten noch den kleinen Stall, da könnten wir die beiden wohl fürs Erste unterbringen. Weideplätze gibt es hier genug. Ich werde dich bei der Versorgung der Tiere natürlich unterstützen, oder möchtest du etwa, dass sie in einem polnischen Schlachthof landen? Übrigens, ich habe sie Rick und Roger getauft, das dürfte dir doch gefallen."

Grete schmunzelte, denn sie kannte Bitzes Vorliebe für Supertramp und deren begnadete Songwriter Rick Davies und Roger Hodgson. Bitze war viel zu müde und hatte andere Sorgen als zwei alte, stattliche Pferde. Aber als er die beiden so da stehen sah, und noch dazu mit diesen Namen, gab es für ihn keine andere Möglichkeit, als zuzustimmen. Mit Gretes Hilfe waren die beiden betagten Rosse schnell im alten Stall, der an der Rückseite des Hauses lag, untergebracht. Bitze meinte sogar Dankbarkeit in ihren großen Augen zu erkennen. Grete versprach, sich am nächsten Tag um die weitere Verpflegung der Tiere zu kümmern.

Bitze setzte sich auf die Bank vor dem Haus und trank noch eine Flasche Iserlohner. Er dachte an den nächsten Tag, wenn er der Presse gegenübertreten musste, an Ellen Schrader und grübelte über seine nächsten Schritte nach. Irgendwie tappte er immer noch im Dunkeln, und das nervte ihn. Da hatten es die beiden Pferde, nach denen er später noch schauen wollte, um einiges besser. Die waren dem Tod von der Schippe gesprungen, standen friedlich im Stall und dösten zufrieden vor sich hin.

Wenigstens etwas Positives in diesen Tagen, dachte Bitze, als er die Stalltür schloss und ins Haus zurückging.

Der fünfte Tag

Dienststelle der SOKO „Revierpate“ in Bottrop

Beckbach traute seinen Ohren nicht, als Bitze ihm am nächsten Morgen erzählte, dass er noch am späten Abend zu zwei alten Kaltblütern gekommen war. „Sonst hast du keine Sorgen“, war sein Kommentar, aber später räumte er dann doch ein, auch schon einmal darüber nachgedacht zu haben, dass auf Bitzes altem Hof ein paar Tiere fehlten.

„Du wirst sehen, Rick und Roger werden dir gefallen“, waren Bitzes Schlussworte zu diesem Thema.

Auf dem Weg zur Pressekonferenz trafen Bitze und Beckbach auf Polizeihauptmeister Polzin, der am Vortag die russischen Damen aus der Bodega Bar mit ins Präsidium genommen hatte. „Gut, dass ich dich treffe“, meinte er zu Bitze. „Bevor du die Russinnen suchst: Wir haben sie gestern Abend noch im Brauhaus-Hotel in der

Gladbecker Straße untergebracht. Keine Angst, ich habe zwei meiner Leute dort postiert, die sie mit Argusaugen bewachen."

„Danke", erwiderte Bitze, „wir werden ihnen nach der Pressekonferenz einen Besuch abstatten. Vielleicht bekommen wir dort ja neue, hilfreiche Hinweise."

Im Presseraum, schräg gegenüber von Ellen Schraders Büro, herrschte schon eine hektische Betriebsamkeit, und Bitze erkannte, dass alle bekannten Gesichter aus Funk, Fernsehen und den Printmedien anwesend waren. Als er sich zum Tisch begab, an dem schon der Oberstaatsanwalt und der Pressesprecher der Polizei saßen, verstummte das Stimmengewirr. Alle blickten gespannt zum Oberstaatsanwalt, Mikrofone wurden ihm entgegengereckt und Notizblöcke aufgeschlagen. An zwei Kameras blinkte das rote Licht auf. Bevor der Oberstaatsanwalt anfangen konnte, hörte Bitze schon den ersten Zwischenruf: „Wo bleibt denn die Frau Staatsanwältin? Die hat doch den kürzesten Weg."

Der Oberstaatsanwalt bat mit einem Handzeichen um Ruhe und begann seine Erklärung vorzulesen. Er schilderte zunächst die bisher vorliegenden Erkenntnisse über die Leiche der jungen Frau im Park und informierte dann über den Mord an Kemmerling.

Die eigentliche Bombe aber zündete dann Bitze zum Schluss, als er der Reporterschar das unfreiwillige Verschwinden der Staatanwältin mitteilten durfte.

„Welche Rolle spielt Wüllner?" wollte einer der Pressevertreter wissen.

Bitze räumte ein, dass natürlich auf Wüllner ein besonderes Auge in diesen Fällen geworfen würde, denn sie wüssten ja alle aus der Vergangenheit, dass „bad bad Wüllner" in jedem Ding seine krummen Finger hätte. Bitze wusste auch nicht, wieso ihm in diesem Moment der alte Jim Croce Titel „Bad bad Leroy Brown" eingefallen war. Die Presse schien es aber zu verstehen.

Wie er im Falle Ellen Schrader weiter vorgehen wolle, wurde er gefragt. Vor allem der Kollege vom Lokalradio konnte sich den Hinweis nicht verkneifen, dass er ja eher froh darüber sein müsste, dass sie weg wäre, womit er einige Lacher auf seiner Seite hatte.

Spielt ihr erst mal vernünftige Musik in eurem Radio, war Bitzes Gedanke dazu, aber laut sagte er: „Es geht absolut darum, Hinweise auf den Verbleib von Staatsanwältin Ellen Schrader zu bekommen. Wir gehen von der Mithilfe der öffentlichen Medien aus."

Damit wurde die Pressekonferenz beendet, und er verließ mit Beckbach im Gefolge den Saal.

In seinem Büro angekommen, fragte ihn Beckbach: „Warum hast du nichts von den Russen erwähnt?"

„Ich habe lange darüber nachgedacht, ob ich dazu etwas sagen sollte, aber wir sollten die Russen noch ein wenig außen vor lassen, denn wenn sie mitkriegen, dass wir auf ihrer Fährte sind, werden sie womöglich zu unüberlegten Handlungen gezwungen, und die könnten Ellens Leben gefährden. Dies wollte ich auf jeden Fall verhindern. Von daher bin ich nur auf Wüllner eingegangen. Sollen die Medien ihm ruhig mal Feuer unterm Hintern machen."

Denn Wüllner, und das hatte der Besuch bei ihm gezeigt, war schon nervös genug, und wenn das Feuer erst mal richtig brennen würde, käme der alte Revierpate schon aus seinem Gebüsch, da war sich Bitze sicher.

„Den nehmen wir uns später vor", meinte er zu Beckbach, „lass uns jetzt zum Brauhaus-Hotel fahren und hören, was die Damen vielleicht zu sagen haben."

In einem Hotel in Bottrop

Im Foyer saßen zwei Streifenbeamte, die aussahen wie die Bottroper Ausgabe von Toto und Harry, wie Bitze süffisant feststellte. Sie meldeten dem Hauptkommissar, dass alles ruhig geblieben wäre und die Frauen in drei Zimmern des ersten Stocks untergebracht waren.

Die beiden Damen, die im ersten Zimmer eine vorübergehende Bleibe gefunden hatten, wirkten wesentlich entspannter als am Vortag, sprachen jedoch kein einziges Wort Deutsch und schienen auch den Hauptkommissar nicht zu verstehen. Im nächsten Zimmer sah Bitze die Frau, die sich im Keller der Bar als Ludmila vorgestellt hatte. Als sie den Hauptkommissar erblickte, ging ein Lächeln über ihr Gesicht, und sie bat ihn, sich doch zu setzen. Ihr vollständiger Name war Ludmila Kuriskaya, und sie stammte aus Saratow, einer Industriestadt südlich von Moskau. Wie alle anderen, die in Claude's Bodega Bar gelandet waren, war auch sie falschen Versprechungen aufgesessen. Die meisten von ihnen stammten aus mittellosen Familien und wollten mit dem verdienten Geld dafür sorgen, dass es ihren Angehörigen zu Hause besser ging.

Eines Tages hatte sie von einem Angebot gelesen, als Repräsentantin für eine große Modefirma in Westeuropa arbeiten zu können. Sie hatte sich daraufhin bei einer Agentur in Moskau gemeldet, die ihr auch prompt ein Ticket für einen Flug nach Amsterdam und eine Adresse dort ausgestellt hatte. In Amsterdam war sie von einem Mann namens Jewgeni Firsov empfangen worden, der sich als Vermittler der Modeagentur vorstellte und sich ausschließlich, wie er betonte, um die Belange der russischen Frauen hier kümmern würde. Für die weitere Vermittlung musste sie ihm ihren Pass geben und würde ihn, sobald sie ihre Stelle als Repräsentantin angetreten hätte, wiederbekommen. Leichtgläubig hatte sie ihm ihren Pass gegeben und seitdem nicht wiedergesehen. Mit den anderen Frauen, die alle aus ähnlichen Gründen in den Westen gelockt worden waren, war sie dann eines Nachts nach Bottrop gekommen, wo sie in der Wohnung einer Frau namens Raisa untergebracht wurden.

Von dort waren sie dann Nacht für Nacht zur Prostitution gezwungen worden. Entweder waren es meist sehr noble und edle Häuser, wo teilweise ganze Männergruppen auf sie warteten und Spielchen von ihnen verlangten, oder sie mussten in der Bodega Bar die Wünsche gut zahlender Herren erfüllen. Vom Geld sahen sie aber nie etwas, das landete in den Taschen ihrer sogenannten Beschützer, die zum größten Teil auch aus Russland kamen und keinen Widerstand duldeten. Immer wieder kehrten sie in die Wohnung der Frau zurück. Eines Tages aber war diese Raisa verschwunden. Daraufhin waren sie in den Keller der Bar gesperrt, und dort hatte sie festgestellt, dass eine von ihnen nicht mehr da war. Wenig später gelang es ihr, ein Gespräch zweier Männer zu belauschen, die sich darüber unterhalten hatten, dass es die kleine Schlampe nicht besser verdient gehabt hätte und dass man mit Verrätern so umgehen müsse.

Da war Ludmilla klargeworden, dass eine Frau nicht mehr am Leben war. Sie wusste nur nicht, ob Raisa oder eine andere damit gemeint war. Bitze hatte sich einige Notizen gemacht und wollte nur noch wissen, wann die Verlegung in den Kellerraum der Bar durchgeführt worden war. Er erfuhr, dass dies erst zwei Tage her war und in dieser Zeit eine angespannte, explosive Stimmung im Umfeld geherrscht hatte. Außer Firsov konnte sie keinen Namen nennen, und selbst von Wüllner hatte sie noch nie gehört. Allerdings war ihr in der vorletzten Nacht aufgefallen, dass relativ spät eine ihr unbekannte Frau mit schulterlangen, dunkelbraunen Haaren durch den Kellerflur nach draußen gebracht wurde, wobei dies augenscheinlich nicht mit der Zustimmung der Frau erfolgte.

Das musste Ellen gewesen sein, fuhr es Bitze durch den Kopf. Also war seine Vermutung richtig gewesen.

Bitze bedankte sich bei Ludmilla und versprach, dass ihnen geholfen würde, sie aber vorerst im Hotel bleiben müssten. Die Beamten im Haus würden sich um sie kümmern, und hier wären sie auf jeden Fall in Sicherheit.

Auf dem Weg zurück ins Büro kamen sie an Marios Grill vorbei, und diesmal hatte die Currywurst keine Chance zu entkommen.

Irgendwo im deutsch-holländischen Grenzgebiet

Der Nebel lichtete sich gerade, als ein unscheinbares Wohnmobil die holländische Grenze einige Kilometer vor Winterswijk erreichte. Viktor Kasputov, der den Wagen lenkte, hatte bewusst diesen kleinen, schon längst nicht mehr besetzten Übergang gewählt, denn er wollte auf ganz sicherem Wege die Niederlande erreichen. Kasputov war der engste Vertraute Robotnikovs, und der hatte ihn mit der Aufgabe betreut, die Frau, die in der Bodega Bar ein wenig zu viel herumgeschnüffelt hatte, zu seinem Freund und Partner Jewgeni Firsov zu bringen. Im Gegenzug hatte Firsov ihm die Frau versprochen, die auf Wüllners Liste ganz weit oben stand und mit der er Wüllner zusätzlich unter Druck setzen wollte. Zuerst hatte Robotnikov mit der Frau aus Bottrop kurzen Prozess machen wollen, aber dann war ihm die Idee mit dem Austausch gekommen, und die fand er schlichtweg genial.

So saß nun Ellen Schrader äußerlich eher teilnahmslos, aber in Wirklichkeit äußerst wachsam und konzentriert neben Kasputov im Wohnmobil und war gespannt, was sie als Nächstes erwartete. Sie war sich sicher, dass Bitze ihr Versteck in der Bodega Bar gefunden hatte und hoffte, er würde die richtigen Schlüsse ziehen. Sie vermisste ihn und hatte viel darüber nachgedacht, was sich in den letzten Stunden ereignet hatte. Alles würde anders sein, wenn sie nur erst frei wäre und ihm gegenüberstand.

Kurz nachdem sie die Grenze überquert hatten, verließen sie die Hauptstraße und erreichten wenig später ein kleines Waldstück. Ellen Schrader hatte die ganze Zeit darüber nachgedacht, ob es ihr irgendwie gelingen könnte, zu entkommen.

Doch es blieb ihr nichts anderes übrig, als abzuwarten und auf eine Fluchtmöglichkeit zu hoffen. Als sie den Rand des Wäldchens erreicht hatten, stand dort ein roter Kleinwagen mit gelbem Nummernschild. In dem Wagen saßen ein Mann und eine junge Frau. Ellen Schrader vermutete, dass dies die Frau sein musste, von der Bitze bereits in Bottrop gesprochen hatte und der es gelungen war, sich aus der Szene abzusetzen. Weit war sie scheinbar nicht gekommen. Ein Austausch also, ging es Ellen Schrader durch den Kopf, und jetzt war ihr klar, warum sie in der Bodega Bar überrumpelt und verschleppt worden war. Man brauchte eine Austauschfrau.

Raisa sah das Wohnmobil auf sich zukommen. Sie dachte die ganze Zeit an Köhne. Lebte er noch, oder hatten sie ihn doch erwischt? Würden sie sich jemals in diesem Leben wiedersehen? Sie fürchtete sich vor Bottrop und vor allem vor Wüllner. Was hatte er mit ihr vor? Sie dachte an die junge Russin, die kaltblütig eliminiert worden war. Am liebsten wäre sie weggelaufen, aber die Waffe in der Hand ihres Begleiters sprach eine eindeutige Sprache. Kasputov hatte das Wohnmobil direkt vor dem roten Wagen zum Stehen gebracht und stieg aus.

Die beiden Männer begrüßten sich und wechselten einige Worte miteinander, die Ellen Schrader nicht verstehen konnte. Raisa allerdings verstand genau, worüber die Männer sprachen. Es ging um die Frau im Wohnmobil, die zur Küste gebracht werden sollte, um dort für Firsov zu arbeiten, denn der hatte gerade in der Nähe Egmonds einen neuen Saunaklub eröffnet, und sie hörte, dass dafür noch neue Damen gesucht würden. Da müsse die Agentur mal wieder aktiv werden, meinte der Mann aus dem roten Auto. Aber ein Anfang sei ja gemacht, und dabei zeigte er auf Ellen Schrader im Wohnmobil. Fünf Minuten später war der Austausch der beiden Frauen vollzogen und das Wohnmobil auf dem Weg zurück ins Ruhrgebiet. Dort saß nun Raisa an Kasputovs Seite.

Bottrop am Nachmittag

Am späten Nachmittag hatte Bitze endlich jemanden bei der Kreispolizeibehörde in Recklinghausen erreicht, der sich für die Belange der Dienststelle Bottrop zuständig fühlte. Bitze schilderte in knappen, präzisen Worten, was sich die letzten Tage vor Ort ereignet hatte, bis hin zum unfreiwilligen Verschwinden seiner vorgesetzten Staatsanwältin. Man versprach, am nächsten Tag jemanden mit den nötigen Kompetenzen nach Bottrop zu schicken, der ihn bei den weiteren Ermittlungen unterstützen würde.

Bitze hatte gerade seine alte Lederjacke angezogen, um sich auf den Heimweg zu machen, als sein Telefon klingelte. Ellen, ging es ihm unwillkürlich durch den Kopf, endlich ein Lebenszeichen von dir. Aber es war seine Mutter. „Es gibt Probleme, mein Junge“, sagte sie mit einem Anflug von Verzweiflung in der Stimme.

Und ob es Probleme gibt, dachte Bitze, sagte aber erst mal nichts.

„Ich habe hier in meiner Wohnung einen großen Wasserrohrbruch und müsste ein paar Tage bei dir unterkommen. Ich hoffe, das macht dir nichts aus.“

„Überhaupt nichts“, log Bitze, aber was sollte er machen. Er konnte seine Mutter in dieser Situation ja nicht alleine lassen. Seit dem Tod seines Vaters vor drei Jahren hatte er sich sowieso eher wenig um sie gekümmert. Aber er fand, dass sie allein auch bisher gut zurechtgekommen war. „Gut“, meinte er schließlich, „ich hole dich in einer Viertelstunde ab, aber sei nicht überrascht, ich habe neue Mitbewohner auf dem Hof.“

Amsterdam

Während der Fahrt von Bergen zurück nach Amsterdam hatten Snijder und Köhne nicht viel geredet. Snijder dachte die ganze Zeit über das Gespräch mit Tine Jongbloed nach, und Köhne dachte an Raisa. Wenn ich doch nur wieder ein Auto hätte, ging es ihm durch den Kopf. Er wollte versuchen, so schnell wie möglich nach Bottrop zu kommen. Dort würde er weiter nach Raisa suchen, wenn es nur eine einzige Spur von ihr gäbe.

Inspektor Snijder hatte eigentlich genug Informationen, um die einschlägigen Klubs an der Küste hochgehen zu lassen, aber sein Verstand sagte ihm, dass er behutsam und taktisch klug vorgehen müsse, damit ihm kein Fisch durchs Netz schlüpfen würde. Es durften keine Unschuldigen in Gefahr geraten. Deshalb musste er sich so schnell wie möglich mit seinen Kollegen in Amsterdam beraten und auch seinen Freund Bitze in Bottrop informieren. Es stand fest, dass es eine Verbindung zwischen den Morden in Bottrop und Bergen gab. Auch darüber musste er sich mit Bitze austauschen.

Dann war da noch sein Mitfahrer, der nicht sehr gesprächig wirkte und scheinbar seinen eigenen Gedanken nachhing. Er war aber der Einzige, der Henks Mörder gesehen hatte und ihm bereits in Bergen eine detaillierte Täterbeschreibung geliefert hatte. Jetzt wollte er ihn noch bitten, im Präsidium bei der Erstellung eines Phantombildes zu helfen. Außerdem brauchte der Mann aus Bottrop auf jeden Fall ein Auto, denn sein Corsa war ihm ja gestohlen worden.

Am Nachmittag hatten sie Amsterdam erreicht, und Snijder schickte Köhne als Erstes zur Fahndungsabteilung, um dort mit seiner Hilfe Phantombilder anzufertigen. Dann rief er seinen Kollegen Kees Klok zu sich und schilderte ihm die Ereignisse der letzten Tage. Klok stellte einige Nachfragen, und am Ende war beiden klar, dass es nicht so einfach sein würde, dieses geschickt aufgebaute Netzwerk der illegalen Prostitution zu zerstören. Da Snijder ja vor Ort gewesen war und dort bekannt sein dürfte, beschlossen sie Klok dort hinzuschicken, um verdeckt vor Ort zu ermitteln.

Als großzügiger, spendabler Großstädter, der fernab von Haus und Familie etwas erleben wollte, würde er bestimmt einen Zugang finden. Snijder schlug vor, er solle sich für diese Zwecke bei Tine Jongbloed einquartieren und von dort aus seine Aktionen planen. Gegen Abend machte sich Kees Klok auf den Weg.

Irgendwo zwischen Winterswijk und Amsterdam

Nach dem Austausch am Waldrand kurz hinter der Grenze war der kleine, rote Wagen schon fast eine Stunde unterwegs, als Ellen Schrader beschloss zu handeln.

Sie wusste zwar nicht, ob ihr Begleiter, dessen maskenhafte Gesichtszüge ihr Angst bereiteten, sie überhaupt verstehen würde, aber sie versuchte es trotzdem. „Ich müsste mal auf eine Toilette“, sagte sie, „und wenn’s geht bald, wenn Sie verstehen?“ Ihr Begleiter nickte nur, sagte aber nichts. „Verstehen Sie mich? Ich sagte, ich muss mal.“

„Sei still!“ fauchte der Mann sie an, und Ellen Schrader zuckte zusammen.

Kurze Zeit später tauchte ein kleiner Rastplatz am Rande der Autobahn auf, und Ellen Schrader stellte erleichtert fest, dass der Fahrer dorthin abbog. Ihre Gedanken arbeiteten fieberhaft, und ihr war klar, dass sie nur diese eine Chance bekommen würde. Als der Wagen auf den Rastplatz fuhr, nahm sie aus den Augenwinkeln die Umgebung wahr. Eine rot-grüne Heidelandschaft mit einigen Büschen und kleinen Baumgruppen, die nach hinten leicht abfiel, wahrscheinlich hin zu einem kleinen Fluss, wie sie vermutete. Auf der Mitte des Rastplatzes sah sie ein spartanisches WC-Häuschen mit getrennten Eingängen für Damen und Herren.

Der Fahrer stoppte das Fahrzeug unmittelbar in Höhe des Toilettenhäuschens und forderte Ellen Schrader auf, ihre Schuhe und ihre Strickjacke im Wagen zu lassen. Der Gedanke, gleich barfuß die Toilette betreten zu müssen, jagte ihr Ekelschauer über den Rücken, aber es blieb ihr nichts anderes übrig. Dann stieg er aus, ging um den Wagen herum und öffnete die Beifahrertür. Ellen Schrader machte sich barfuß auf den Weg.

Ihr Begleiter folgte ihr. Sie wusste, dass er eine Waffe dabei hatte. Kurz bevor sie die Tür öffnete, schaute sie sich noch einmal um und sah, dass er hämisch grinsend direkt hinter ihr stand. Er hatte die Hände in die Hüften gestemmt, und sie sah die Waffe in seinem Gürtel.

Hastig betrat sie den Raum und schloss die Tür. Sie atmete erleichtert auf und war froh, für einen Augenblick allein zu sein. Schnell sah sie sich im Raum um und entdeckte im hinteren Bereich ein halb geöffnetes Kippfenster. Geräuschlos kletterte sie auf den Rand der Toilette, und es gelang ihr, das Fenster zu entriegeln. Sie spürte die Schweißperlen, die sich auf ihrer Stirn sammelten, und mit großer Kraftanstrengung gelang es ihr, sich am Fensterrand hochzuziehen. Von dort sah sie, dass sie sich an der Rückseite der Toilettenanlage befand. Von ihrem Begleiter war nichts zu sehen, wahrscheinlich stand er noch vor der Tür. Sie vernahm, wie plötzlich die Eingangstür geöffnet wurde, und sofort ließ sie sich zurück auf den Boden fallen. Lauernd und lauschend verharrte sie dort und hörte Schritte und die Stimme des Mannes, der ihr etwas zurief, das sie nicht verstand. Die Tür fiel wieder ins Schloss, aber Ellen Schrader spürte instinktiv, dass sich ihr Begleiter noch im Raum befand. Sie wagte es nicht, sich zu bewegen. Sie sah, wie die Türklinke langsam heruntergedrückt wurde, als plötzlich die Eingangstür erneut geöffnet wurde. „Was machen Sie denn da?“ hörte sie eine ihr unbekannte Frauenstimme. „Verlassen Sie sofort die Toilette, oder ich rufe die Polizei."

Fluchend und unverständliche Drohungen ausstoßend verließ der Mann den Raum. „Jetzt oder nie!" Ellen Schraders Entschluss stand fest. Mit großer Anstrengung zog sie sich ein zweites Mal am Fenster hoch, sah in der Nachbarkabine den erstaunten Gesichtsausdruck einer Frau, und schon war sie am anderen Ende der Kabine im Freien. Ohne zu zögern lief sie geradeaus in die Heidelandschaft. Sie wagte es nicht, sich umzusehen, obwohl sie wusste, dass der Mann nicht mehr lange tatenlos vor dem WC-Häuschen stehen würde. Nach einigen Metern fiel das Gelände etwas ab, und sie ließ sich hinter eine Buschgruppe fallen. Genau in diesem Moment kam ihr Verfolger um die Ecke des Häuschens und sah das offene Fenster. Suchend schaute er sich nach allen Seiten um. Er zögerte. Ellen Schrader wagte es nicht, sich zu bewegen. Gebannt starrte sie zu dem Häuschen und dem Mann, der scheinbar überlegte, in welche Richtung er gehen sollte. Sie sah, wie er sich bückte und den Boden genau untersuchte. Sie atmete gleichmäßig und ruhig, jede Bewegung des Mannes beobachtend.

Der ging nun langsam in die Heidelandschaft und spähte dabei in alle Richtungen. Ellen Schrader rutschte langsam den Abhang herunter und kam an einen kleinen Flusslauf. Ohne lange zu überlegen, glitt sie ins Wasser, spürte die Kälte, die sie plötzlich umgab, schwamm aber dennoch mit der leichten Strömung abwärts. Ihr Verfolger hatte genau in diesem Augenblick die Stelle erreicht, wo sie hinter der kleinen Buschgruppe gelegen hatte. Der Abdruck ihres Körpers im Heidegras war noch deutlich zu erkennen. Schnell lief er weiter Richtung Ufer, doch Ellen Schrader hatte bereits am Ende einer Biegung des kleinen Flusses eine Baumgruppe entdeckt. Mit großer Mühe schaffte sie es, dort das Ufer zu erreichen und verharrte im Schutz der Bäume. Von ihrem Verfolger war glücklicherweise weit und breit nichts zu sehen.

Sie fror und zitterte am ganzen Körper, Tränen liefen ihr die Wangen herunter, aber sie spürte es nicht. Toll, Schrader, dachte sie, klatschnass, ohne Jacke und Schuhe, irgendwo an einem kleinen

Fluss in Holland. Glückwunsch, Frau Staatsanwältin, das hast du dir doch immer gewünscht. Dabei hatte ihr Leben in Bottrop doch gerade eine wundersame Wende erfahren, die ihr richtig gut gefallen hatte. Die Kälte wurde unerträglich und ließ sie erstarren. Einmal Bitze sehen und sterben, ging es ihr durch den Kopf. Sie verharrte noch einige Minuten, aber es blieb ruhig, und niemand tauchte an der anderen Uferseite auf.

Allmählich wurde es dunkel. Vorsichtig, sich nach allen Seiten umschauend, verließ sie den Schutz der Baumgruppe und machte sich auf den Weg, ohne zu wissen, wohin sie gehen sollte. Nach wenigen Metern erreichte sie ein abgeerntetes Kornfeld und begann zu laufen. Dann entdeckte sie in der Ferne ein kleines Licht.

Ein fast weihnachtliches Gefühl überkam sie. Immer schneller, Kälte und Nässe fast vergessend, lief sie auf die Lichtquelle zu.

Je näher sie kam, desto größer wurde das Haus, und bald sah sie, dass es ein Bauernhof war. Sie spürte ihre aufgeplatzten Fußsohlen und auch die Kälte nicht mehr.

Endlich erreichte sie das Gehöft. Vom Bellen des Hundes alarmiert, wurde die Haustür geöffnet. Ein älterer Mann trat heraus.

Ellen Schrader lief ihm geradewegs in die Arme und stammelte: „Bitte helfen Sie mir.“

Abend auf Bitzes Hof in Kirchhellen

Auf dem Weg von der Dienststelle nach Hause fuhr Bitze noch beim Buchladen in der Hochstraße vorbei und erstand ein Werk über Kaltblutpferde mit dem vielsagenden Titel „Kaltblutpferde – Dicke Freunde – Starke Typen“, der ihm auf Anhieb gefiel. Beim Lesen der Überschrift wurde ihm klar, dass Rick und Roger genau die richtigen Haustiere für ihn waren, und er dankte Grete in Gedanken, dass sie die beiden Altmärker vor dem Schlachter gerettet hatte. Anschließend holte er seine Mutter ab, die ihn schon sehnsüchtig erwartete und sehr gespannt auf den Besuch bei ihrem Sohn war.

„Jetzt bist du völlig verrückt geworden“, entfuhr es seiner Mutter beim Anblick der Pferde.

Aber Bitze sagte nur: „Dicke Freunde, starke Typen“, und ging mit ihr zur Haustür.

Dort hing ein Zettel von Grete: „Rick und Roger auf die Wiese gebracht, und jede Menge Heu organisiert. Ist alles im Stall und der kleinen Scheune. Vergiss nicht, sie in den Stall zu bringen! Gruß Grete.“

„Bring schon mal deine Sachen ins Gästezimmer“, meinte Bitze zu seiner Mutter, „ich bringe inzwischen meine beiden neuen Freunde in den Stall, und dann können wir reden.“

Als sie später noch bei einer Flasche Iserlohner beisammen saßen – seine Mutter teilte im übrigen die Liebe zum Sauerländer Pilsbier mit ihrem Sohn –, erzählte er ihr nichts von den Entwicklungen in Bottrop, sondern las ihr aus seinem neuen Buch vor: „Von den sanften Riesen unter den Pferden, von ihrer sprichwörtlichen Ruhe und Gemütlichkeit, ihrer kontrollierbaren Kraft und dem sanften Charakter. Das alles machte sie zunehmend auch als Freizeitpferde interessant. Vor allem das altmärkische Kaltblut, und zu dieser Rasse gehörten Rick und Roger, hat ein ruhiges Wesen, ist gutmütig und kann dennoch sehr energisch sein.“

Seine Mutter war schon längst schlafen gegangen, als er für einen Augenblick die Gegenwart vergaß, sich ins 19. Jahrhundert begab, der Geburtsstunde der altmärkischen Kaltblüter.

Der sechste Tag

Bottrop am Morgen

Jo Wüllner schlich durch sein Wohnzimmer wie der Panther in Rilkes Gedicht. Schon früh hatte ihn das Telefon geweckt, und Robotnikov war am Apparat. Er hatte ihm eine Überraschung für den Vormittag versprochen, um ihm seine Verbundenheit und Freundschaft zu demonstrieren. Seit der Sache mit dem Dobermann war Wüllner allerdings misstrauisch geworden, was Robotnikovs Überraschungen anging. Zum wiederholten Mal schaute Wüllner zur Uhr. Kurz vor zehn. Er fragte sich, wie lange er noch warten musste. Endlich klingelte es an der Tür.

Als Wüllner öffnete, blieb ihm der Atem stehen, aber dann hatte er sich gefangen, grinste breit und flüsterte: „Hallo Raisa, schön dich zu sehen."

Für einen Moment glaubte Raisa, den Boden unter den Füßen zu verlieren. Wie durch eine Nebelwand sah sie Wüllners hämisches Grinsen. Oh, wie sie ihn hasste, mehr als je zuvor.

„Na, mein Freund", hörte sie Robotnikovs Stimme, „ist das nicht dein entflogenes Täubchen?"

Bei diesen Worten gab er ihr einen unsanften Stoß in den Rücken, und sie stolperte ins Zimmer. Wüllner fing sie auf. Sie spürte seinen heißen Atem im Gesicht. Ekel stieg in ihr hoch, und sie glaubte, sich übergeben zu müssen. Sie wollte sich losreißen, aber er hielt sie hart und unerbittlich fest.

„Immer noch meine kleine Wildkatze", zischelte er, „aber ich werde dich schon zähmen, und dann wirst du nie wieder auf dumme Gedanken kommen."

Nie im Leben, dachte Raisa, trotz der Ausweglosigkeit ihrer Situation. Sie dachte an Holland und an Köhne und an die kurzen Momente ihres unendlichen Glücks. Sie sehnte sich nach ihm und hoffte, dass es vielleicht doch ein Wiedersehen mit ihm geben würde. Im Augenblick sah es allerdings nicht danach aus. Da sah sie nur Wüllner und die Spritze, die er in seiner Hand hielt. Erneut versuchte sie, sich loszureißen, aber zwei starke Arme hielten sie fest. „Gleich wird es dir richtig gut gehen", hörte sie Wüllners Stimme, und dann spürte sie den Einstich in ihrem Arm, und alles versank in einer großen schillernden Wolke.

„Ich werde mich später um sie kümmern", sagte Wüllner zu Robotnikov, als er die leblose Raisa auf seine Couch legte, „dann wird sie schon sehen, was sie an mir hat."

„Es gibt Probleme", unterbrach ihn Robotnikov. „Meine Männer aus der Bodega Bar haben mir berichtet, dass Ludmilla und ihre

Freundinnen verschwunden sind. Nicht von allein, mein Freund, sondern mit fremder Hilfe. Und jetzt rate mal, von wem diese Hilfe kam?“

Wüllner schaute ihn fragend an.

„Die Polizei, und die kann ich nun mal gar nicht gebrauchen.“

„Bist du sicher?“ fragte Wüllner, der sich überhaupt nicht vorstellen konnte, dass diese Niete von Bottroper Hauptkommissar jemals dazu in der Lage sein könnte. Er verschwieg Robotnikov wohlweislich den Besuch, den er vor einigen Tagen von Bitze und Beckbach bekommen hatte.

Robotnikov unterbrach seine Gedankengänge. „Hör gut zu“, sagte er mit einer Stimme, die an Schärfe zugenommen hatte, „ich gebe dir maximal zwei Tage, und dann hast du das Problem gelöst, oder du bist das Problem, wenn du verstehst, was ich meine.“

Wüllner verstand und dachte an Kropp und Kemmerling. Auch die waren Probleme gewesen.

„Also, zwei Tage. Und viel Spaß mit deiner kleinen Freundin.“ Robotnikov grinste, aber seine Augen verrieten, was er wirklich dachte.

Miese kleine Ratte, dachte Wüllner, als Robotnikov das Haus verließ. Fieberhaft begann er nachzudenken: Warum nur habe ich Kropp eliminieren lassen? Und wem kann ich überhaupt noch trauen? Von Dudenhofen?

Er griff zum Telefon und wählte die Nummer seines Anwalts, aber er hörte nur die Stimme des Anrufbeantworters.

„Wenn ich ihn wirklich brauche, ist er nicht da.“ Wüllner spürte eine leichte Wut aufkommen, und sein Blick fiel auf Raisa, die immer noch reglos auf der Couch lag.

Für einen Moment spürte er das Verlangen, sie zu berühren, ihren Körper zu spüren. Aber er verwarf den Gedanken sofort. Dafür wollte er sich dann doch mehr Zeit nehmen.

Zum ersten Mal nach langer Zeit holte er sein altes, leicht vergilbtes Notizbuch aus dem Schreibsekretär und blätterte in Erinnerungen. Bei einem Namen hielt er inne. Conny Metzger aus Oberhausen. Mit ihm hatte er jahrelang sehr konstruktiv und produktiv zusammengearbeitet. Ohne zu zögern griff er zum Telefon und wählte dessen Nummer.

„Metzger."

Sofort erkannte er die raue, heisere Stimme seines alten Kumpels.

„Wüllner", sagte er.

„Was hast du für ein Problem, Wüllner?"

„Wieso kommst du darauf, dass ich ein Problem habe?"

„Wenn du mich nach, na, sagen wir, fünf Jahren anrufst, alter Junge, dann musst du ein Problem haben."

Wüllner berichtete ihm von seiner Kooperation mit Robotnikov und den daraus resultierenden Folgen.

Metzger hörte stillschweigend zu und meinte dann: „Sorry, mein Freund, aber bei einer Nummer mit Russen bin ich sofort raus. Die haben ihre eigenen Regeln und Gesetze, und die entsprechen nicht gerade meiner Kragenweite. Tut mir leid, aber ich fürchte, da musst du alleine durch."

Wüllner wollte noch etwas erwidern, aber Metzger hatte aufgelegt. Sein Kopf arbeitete fieberhaft. Er hatte sich schon mal wesentlich wohler in seiner Haut gefühlt. Selbst wenn es ihm gelingen würde, den Hauptkommissar und seine Behörde auszutricksen, und daran zweifelte er nicht eine Sekunde, sah er kaum eine Möglichkeit, von Robotnikov loszukommen. Dann war da noch Raisa, die immer noch leblos auf seiner Couch lag. So sehr er sich gewünscht hatte, sie wiederzubekommen, desto weniger konnte er sie im Moment gebrauchen. Er musste erst mal hier raus, weit weg von Robotnikov und seinen Leuten. Langsam zog er eine neue Beruhigungsspritze auf und injizierte sie Raisa, die gerade im Begriff war aufzuwachen. Er hob sie hoch und trug sie ins Gästezimmer. Dort legte er sie aufs Bett und verriegelte die Tür.

Soll sie doch hier verrecken, dachte er, ging in sein Schlafzimmer und begann seinen Koffer zu packen.

Am Morgen desselben Tages in Kirchhellen

Hauptkommissar Bitze hatte unruhig und schlecht geschlafen. Er hatte von Ellen Schrader geträumt, eine Mischung aus Albtraum und Heimatfilm, soweit er sich an Einzelheiten erinnern konnte.

Wo bist du nur, Ellen? war sein erster Gedanke, als er erwachte. Er hoffte, vielleicht an diesem Tag einen Schritt weiterzukommen.

Seine Mutter war bereits aufgestanden und bereitete in der Küche das Frühstück vor. Der Lokalsender berichtete gerade von den mysteriösen Mordfällen in Bottrop und der spurlos verschwundenen Staatsanwältin. Bitze hörte die Nachrichten im Vorübergehen, denn er wollte zunächst nach den Pferden sehen.

Rick und Roger standen genüsslich Heu kauend im Stall und machten einen zufriedenen Eindruck. „Wenigstens um euch brauche ich mir keine Sorgen zu machen." Bitze tätschelte die stämmigen Vierbeiner am Hals und beschloss, sie im Stall zu lassen, denn an diesem Oktobermorgen war es doch schon ziemlich kalt draußen. Sicherlich würde Grete später noch nach den Tieren schauen. Zurück in der Küche stand schon ein Becher Kaffee auf dem Tisch, und frisches Rührei dampfte auf seinem Teller. Manchmal ist es nicht schlecht, dachte er, seine Mutter für ein paar Tage zu beherbergen.

Auch die Tageszeitung hatte in großen Lettern von den Morden und Ellen Schraders Verschwinden berichtet. „Ich wusste gar nicht, dass in unserem beschaulichen Bottrop so viel Übles geschieht", begann seine Mutter die Unterhaltung. „Kommst du denn mit den Ermittlungen voran, und: Ist diese Staatsanwältin nicht die Frau, die dir ständig solche Schwierigkeiten macht?"

Bitze hatte an diesem Morgen einfach keine Lust, über die Ereignisse zu reden, und erst recht nicht mit seiner Mutter. „Das Rührei ist wirklich gut", versuchte er das Gespräch in eine andere Richtung zu lenken, aber seine Mutter ging nicht darauf ein.

„War dieser Kemmerling nicht auch ein guter Freund von dir?" kam die nächste Frage.

„Tut mir leid, ich muss los." Bitze stand auf und ging ins Bad. Ein paar Minuten später saß er in seinem alten Peugeot und fuhr Richtung Bottrop.

Bei „Hide in Your Shell" schaffte er es, sich etwas zu entspannen und erreichte bald darauf seine Dienststelle in der Gladbecker Straße.

Am Eingang wartete schon Lilo Ruppert aus der Anmeldung auf ihn. „Guten Morgen, Herr Hauptkommissar", begrüßte sie ihn freundlich, „da ist ein Herr von der Kreispolizeibehörde Recklinghausen im Büro der Staatsanwältin und wartet auf Sie. Scheint ein komischer Kauz zu sein, wenn Sie mich fragen."

„Danke, Lilo", erwiderte er mit einem Lächeln.

Die etwas korpulente Mittvierzigerin war seit vielen Jahren die gute Seele der Dienststelle. Bitze ging direkt in den ersten Stock und betrat mit einem komischen Gefühl in der Magengegend Ellen Schraders Büro. Er war nie gern in dieses Büro gegangen, aber heute hatte es einen anderen Grund. Hinter dem großen Schreibtisch saß ein Mann mit einer markanten Nase, auf der eine runde, dunkle Hornbrille saß. Bei Bitzes Eintreten stand er auf und kam ihm entgegen. Er trug einen dunkelblauen Anzug und war einen Kopf kleiner als Bitze, der sich in seiner Jeans, dem Rolli und der Lederjacke für einen Augenblick schon underdressed vorkam. „Kahr-Nickel, Präsidium Recklinghausen", stellte sich der Mann vor.

Bitze hätte beinahe „Rammler, SOKO Bottrop" geantwortet, riss sich aber zusammen, schließlich kann ja keiner was für seinen Namen, wobei er allerdings Doppelnamen von Haus aus albern fand. Außerdem machte sein Gegenüber einen überheblich-arroganten Eindruck auf ihn. „Angenehm, Bitze, Dienststelle Bottrop." Er reichte dem Vertreter seiner vorgesetzten Dienststelle aus der Nachbarstadt die Hand. Dessen fester Händedruck passte gar nicht zu seinem Äußeren. Sie setzten sich an den Schreibtisch, und Bitze erläuterte die bisherigen Ermittlungsergebnisse.

„Das ist ja nicht gerade viel", merkte Kahr-Nickel an und warf Bitze einen missbilligenden Blick zu.

Der wollte gerade etwas erwidern, als es an der Tür klopfte. Es war Beckbach. Bitze stellte ihm den Kollegen vom Präsidium Recklinghausen vor und bemerkte den Anflug eines Grinsens auf Beckbachs Gesicht. Bitze warf ihm einen warnenden Blick zu. Während des folgenden Gesprächs wurde Bitze den Eindruck nicht los, dass der Kahr-Nickel ihn nicht richtig ernst nahm, ihm vielmehr das Gefühl gab, eine ziemliche Lusche zu sein.

„Was bildet sich dieser Vollidiot aus Recklinghausen eigentlich ein? Seine Behörde wird doch sowieso irgendwann von Oberhausen oder Gelsenkirchen geschluckt!“ Bitze ließ, zurück in seinem Büro, seinem Ärger freien Lauf. „Als wenn wir nicht schon Ärger genug hätten“, fuhr er fort, „keine rechte Handhabe gegen Wüllner, Russen, die sich noch recht bedeckt halten, zwei Tote, die kaltblütig gekillt wurden, und immer noch keine Spur von Ellen Schrader. Dann kommt dieser Möchtegern-Bond aus Recklinghausen, um mich blöd von der Seite anzumachen. Danke, aber auf den kann ich gut verzichten. Gut, Becki, ruf mal bitte im Brauhaus an, ob es unseren Damen noch gut geht, und dann werden wir unserem Freund Wüllner mal kräftiger auf die Finger klopfen.“

Wenigstens aus dem Hotel gab es gute Nachrichten, die Damen waren wohlauf. Es war schon fast Mittag, als sie sich auf den Weg zu Wüllners Villa am Rande der Sterkrader Heide machten.

Am selben Morgen im Hotel Golden Tulip, Amsterdam

Köhne hatte auch schlecht geschlafen. Mehrmals war er schweißgebadet aufgewacht und hatte Raisas Namen gerufen, aber das Bett war leer, und er hatte Angst, sie für immer verloren zu haben. Er spürte instinktiv, dass sie in großer Gefahr war, und seine Tatenlosigkeit schmerzte ihn.

Kurz nach acht machte er sich auf den Weg ins Amsterdamer Polizeipräsidium, wo Kriminalinspektor Snijder schon auf ihn wartete. „Ich habe eine gute Nachricht“, begrüßte er Köhne, „wir haben durch einen glücklichen Zufall Ihr Auto gefunden. Es stand in der

Rozengracht auf einem privaten Stellplatz. Der rechtmäßige Benutzer dieses Platzes hatte die Polizei informiert. Leider haben die Kollegen von der Spurensicherung nichts Brauchbares im Wagen finden können und abschließend den Vorfall an mich weitergegeben."

Snijder ging mit Köhne in den Hof des Präsidiums, und da stand tatsächlich sein alter blauer Opel Corsa.

Köhne war erleichtert, schloss ihn auf und warf einen Blick ins Innere, konnte aber nichts Auffälliges bemerken.

Nachdem er den Erhalt seines Fahrzeugs quittiert hatte und Snijder für alle Fälle seine Handynummer notiert hatte, machte er sich auf den Weg nach Bottrop. Dort sollte er sich unbedingt beim zuständigen Mann der Sonderkommission „Revierpate", Hauptkommissar Bitze, melden. Endlich kann ich etwas unternehmen, um Raisa zu helfen, dachte er, als er Richtung Autobahn fuhr.

Polizeiinspektor Wim Snijder wiederum telefonierte mit Politieagent Piet Verhoeve von der Gemeente Egmond aan Zee und teilte ihm mit, dass der Kollege Kees Klok in nächster Zeit inkognito die Bars und Nachtklubs der Küstenregion besuchen würde. Verhoeve sagte ihm seine volle Unterstützung zu. Danach schickte Snijder eine Rundmail an alle Dienststellen der Rijkspolitie mit den Phantombildern der mutmaßlichen Mörder des Kneipenwirtes aus Bergen aan Zee.

Anschließend fragte er in der Fahndungsabteilung nach, ob der Computer etwas über die gesuchten Männer ausgespuckt hatte, aber die Rückmeldung war negativ.

Er rief noch mal bei Piet Verhoeve an und teilte ihm mit, dass er am nächsten Tag zur Küste kommen wollte, denn er vermutete, dass Henks Mörder dort zu finden waren.

Ein alter Bauernhof irgendwo in Holland

Die Mittagssonne schien in das kleine Zimmer, als Ellen Schrader die Augen aufschlug. Sie blinzelte in die hellen Strahlen, und nahm nach und nach ihre Umgebung wahr. Sie sah einen wunderschönen alten Schrank, einen kleinen Tisch mit Stuhl, einen großen, gemütlichen Ohrensessel und einige Bilder mit Windmühlenmotiven an den Wänden. Alles in allem strahlte der Raum eine friedliche Atmosphäre aus. Sie versuchte aufzustehen, aber heftige Schmerzen durchfuhren ihren Körper, und sie ließ sich wieder auf das Bett fallen. Nach und nach kam die Erinnerung an die Ereignisse der letzten Tage zurück, angefangen mit der Verschleppung in Bottrop bis hin zu ihrer abenteuerlichen Flucht, die sie auf den alten Bauernhof gebracht hatte.

„Ruhe bewahren, Sicherheit ausstrahlen" – Bitzes Standardspruch, über den sie sich so oft aufgeregt hatte, kam ihr ausgerechnet jetzt in den Sinn.

Sie lag in einem fremden holländischen Bett, mit einem langen weißen, ihr unbekanntem Hemd bekleidet und mit der Gewissheit, immerhin noch ein T-Shirt und eine Jeans zu besitzen. Dennoch war sie froh, dass ihr die Flucht aus dem roten Auto gelungen war. Sie würde schon einen Weg aus ihrer derzeitigen Lage finden.

Beim zweiten Versuch gelang es ihr aufzustehen.

Zum Glück ließ der Schmerz nach, und sie stellte fest, dass jemand ihre Riss- und Schürfwunden fachmännisch behandelt hatte. Auf dem Sessel lag ein Paar dicker Wollsocken, die sie vorsichtig über ihre Füße zog. Sie bemerkte, dass sie ziemlich hungrig war, sie konnte sich kaum erinnern, wann sie überhaupt das letzte Mal gegessen hatte. Langsam öffnete sie die Tür des kleinen Zimmers und schaute vorsichtig hinaus. Im Haus war es ruhig. Nur aus einem Raum hörte sie Stimmen. Der Duft von Bratkartoffeln schlug ihr entgegen, und sie ging auf die halbgeöffnete Küchentür zu.

Eine große Pfanne stand auf dem Herd, und ein älteres Paar saß am Küchentisch und unterhielt sich. Sie erkannte den Mann sofort wieder. Er war es gewesen, dem sie am Abend in die Arme gelaufen war. Aber an alles andere, was danach passiert war, konnte sie sich nicht mehr erinnern. Sie zögerte, aber die beiden alten Leute gaben ihr ein freundliches Zeichen, einzutreten. Zum Glück sprachen beide recht gut Deutsch. Sie stellten sich als Piet und Adrie van Houteren vor und erkundigten sich sofort, ob sie gut geschlafen hatte und ob es ihr jetzt besser ginge. Ellen Schrader empfand augenblicklich eine große Sympathie für die beiden und bedankte sich dafür, Unterschlupf bei ihnen gefunden zu haben. Der Mann forderte sie auf, sich zu setzen. Sie aßen Bratkartoffeln mit Rührei. Ellen Schrader konnte sich nicht erinnern, jemals so gut gegessen zu haben.

Mit wenigen Worten erzählte sie von sich und ihrer Flucht. Die beiden Alten hörten zu und nickten verständnisvoll. Gerne hätte sie die nächsten Tage in dieser ruhigen Abgeschiedenheit verbracht, aber ihr war klar, dass sie so schnell wie möglich zurück nach Bottrop musste. Frau van Houteren brachte Ellen Schraders Sachen und zeigte ihr das Bad. Nachdem sie sich frisch gemacht und angezogen hatte, war es an der Zeit, ein Lebenszeichen nach Bottrop zu senden. Sie fragte nach, ob sie mal telefonieren dürfte.

Kurze Zeit später hatte sie Lilo Ruppert am Apparat. „Frau Staatsanwältin, wissen Sie, was hier los ist? Der Hauptkommissar dreht fast durch. Und überhaupt, wo sind Sie?"

„Ganz ruhig, Frau Ruppert", antwortete Ellen Schrader, „geben Sie mir nur bitte die Handynummer des Hauptkommissars, und sagen Sie keinem anderen etwas über dieses Gespräch, keinem, haben Sie verstanden?"

Lilo Ruppert gab ihr die Nummer durch, ohne recht zu begreifen, was los war. Aber das war ihr auch egal, die Staatsanwältin war ja bekannt für ihre außergewöhnlichen Aktionen.

Am frühen Nachmittag in Bottrop

Bitze und Beckbach standen seit einiger Zeit vor Wüllners protziger Villa, kein Lebenszeichen drang nach draußen.

„Noch nicht mal der blöde Köter bellt", entfuhr es Beckbach.

Sie beschlossen, zur Rückseite zu gehen, doch auch von dort konnten sie keine Bewegungen im Haus ausmachen.

„Irgendwas ist hier oberfaul, Becki", sagte Bitze, rief die Dienststelle an und orderte einen Beamten, der das Haus beobachten sollte.

Erfahren wie er war, vermutete er, dass der Fuchs noch in seinem Bau saß.

Nach einigen Minuten sahen sie einen VW Golf aus dem Wagenpark der Dienststelle Bottrop-Boy, der gegenüber der Villa anhielt. Sie erkannten den Kollegen Hubrich am Steuer. Mit einem leichten Kopfnicken gaben sie ihm zu verstehen, dass sie ihn erkannt hatten und zogen ab.

Kurz nachdem Bitze und Beckbach das Anwesen verlassen hatten, meldete sich der Kollege Hubrich, dass sich Wüllners Garagentor soeben öffnete. Also hatte Bitze mit seiner Vermutung richtig gelegen, dass Wüllner noch im Haus war. Bitze gab Hubrich die Order, Wüllner unauffällig zu folgen und sie über die Entwicklung auf dem Laufenden zu halten.

Als Nächstes rief er den Kollegen Kahr-Nickel an, um eine Verfügung zur Durchsuchung der Wüllner-Villa zu erwirken. Der Kollege aus der Recklinghauser Behörde ließ dem Hauptkommissar ausrichten, dass er ihn augenblicklich in der Dienststelle erwarte, um die nächsten Schritte im Rahmen einer gemeinsamen Dienstbesprechung zu planen, bevor irgendwelche Villen durchsucht würden.

„Wie blöd ist der eigentlich?“ echauffierte sich Bitze. „Kleine Dienstbesprechung, so ein Schwachsinn. Es ist Zeit zu handeln, Becki. Egal, wo Wüllner hinfährt, wir kriegen ihn, und ich will wissen, was er alles in seinem protzigen Bau versteckt hält.“ Er konnte sich sogar vorstellen, in der Villa Spuren von Ellen Schrader zu finden.

„Wüllner ist auf dem Weg Richtung Oberhausen“, meldete sich Hubrich.

„Dranbleiben.“

Bitzes Anordnung war knapp und präzise. Inzwischen waren Beckbach und er am Poco Loco angekommen, als drei Männer, die ihnen nicht bekannt waren, gerade das Haus verließen und abschlossen.

„Schau mal einer an“, sagte Bitze zu seinem Kollegen, „endlich mal ein Blick auf die Gesichter, die uns bislang gefehlt haben. Sehr wahrscheinlich, dass diese drei Gestalten zu Wüllners neuem Freundeskreis gehören. Bin mal gespannt, wo die hinfahren."

Die drei Männer stiegen in einen silbernen Mercedes der gehobenen Klasse und fuhren los. Bitze hatte Mühe, ihnen in seinem alten Peugeot zu folgen, aber er blieb dran. Endlich passierte etwas, das seine Laune merklich steigerte, und er drehte sein Radio lauter. Heute hatte er die „Crime of the Century"-Kassette mal wieder eingelegt. Beckbach litt, sagte aber nichts, denn auch er spürte das Jagdfieber.

Jetzt erreichte der Mercedes die Ausfahrtstraße Richtung Essen, bog schließlich am großen Möbelcenter ab und hielt auf dem großen Parkplatz an. In der Zwischenzeit hatte Beckbach das Kennzeichen notiert und gab es an Lilo Ruppert durch, die den Fahrzeughalter ermitteln sollte. Nach kurzer Zeit meldete sie sich zurück und teilte ihnen mit, dass das Fahrzeug auf Herrn Conrad von Dudenhofen gemeldet war.

„Na, sieh mal einer an, der feine Herr Anwalt steckt auch mit drin."

„Ich wette zehn zu eins", meinte Bitze, „dass diese Herren uns einiges zu sagen hätten, aber leider haben wir außer Verdachtsmomenten nichts gegen sie in der Hand."

„Das reicht leider nicht", erwiderte Beckbach.

Wenig später meldete sich der Kollege Hubrich. „Es sieht so aus, als wolle unser Freund Wüllner Richtung Holland."

Bitze wusste schon seit längerem, dass es eine Verbindung zwischen Bottrop und Holland gab, zumindest was die Vermittlung osteuropäischer Damen betraf. Er wählte Snijders Handynummer und hatte seinen Amsterdamer Kollegen sofort am Apparat, gab ihm schon mal die Beschreibung und das Kennzeichen von Wüllners Fahrzeug durch und teilte ihm seine Vermutung mit, dass Wüllner wahrscheinlich versuchen würde, erst mal in Holland unterzutauchen. Vielleicht würde man ja über ihn Zugang zu den Hintermännern bekommen. Sie beschlossen für diesen Fall, dass die Kollegen in den Niederlanden ihn übernehmen würden. Bis zur Grenze sollte aber Hubrich auf jeden Fall weiter observieren. Der silberne Mercedes stand immer noch an der gleichen Stelle. Da stiegen die drei Männer aus, gingen zur großen Eingangstür des Möbelcenters und betraten es. Bitzes Telefon klingelte genau in diesem Moment. Es war Kahr-Nickel, der sie aufforderte, unverzüglich zur Dienststelle zu kommen.

„Der kann mich mal“, murmelte Bitze. Sein Handy klingelte erneut. „Was gibt's denn noch?“ brüllte er in den Hörer und zuckte im selben Moment merklich zusammen.

Beckbach schaute ihn verwundert an, denn es hatte den Anschein, als würde sein Chef im nächsten Augenblick das Bewusstsein verlieren und den Hörer aus den Händen fallen lassen. Dieses Mal war nicht Kahr-Nickel am Telefon, sondern Ellen Schrader.

„Was ist denn bei dir los?“ wollte sie wissen.

„Das erzähl ich dir später, aber wo in alles in der Welt bist du, und was ist passiert?“

„Das erzähl ich dir später“, sagte Ellen Schrader, „aber zunächst musst du mich abholen. Sprich es gleich mit der Dienststelle ab. Ich bin auf einem alten Bauernhof zwischen Etten und Kilder, zwei kleinen Orten an der Oude Ijssel. Der Hof liegt in der Oudestraat, Nummer 75, vielleicht solltest du dir für diese Fahrt einen Wagen mit Navigationssystem besorgen. Aber wenn's geht, komm so schnell wie möglich, und bring mir auch ein Paar Schuhe, Größe 38, mit.“ Bitze konnte das Letztgenannte zwar nicht so richtig einordnen, aber für ihn stand fest, dass er so schnell wie möglich zu ihr musste.

„Was war das denn?“ fragte ein erstaunter Beckbach.

„Ellen Schrader, sie ist irgendwo in Holland. Ich brauche ein Auto mit so einem Navidings und muss dahin.“

„Aber was ist mit Kahr-Nickel?“

„Der ist mir so was von egal, um den musst du dich kümmern, Becki. Dann hast du mindestens einen bei mir gut.“

Schmollend fügte Beckbach sich aber in sein Schicksal. „Und die Männer im Möbelcenter?“

Die drei Männer waren noch nicht wieder aufgetaucht. Bitze wählte die Nummer in Holland, die noch auf seinem Display stand, und eine unbekannte Männerstimme meldete sich. Bitze fragte nach der deutschen Frau, und hatte kurz danach Ellen Schrader am Ohr. „Hör zu, Frau Schrader, Ellen, oh mein Gott ...“ Bitze stammelte wie ein Schuljunge, aber vieles an ihrem neuen Miteinander war für ihn noch sehr ungewohnt, und er hatte ja auch kaum Zeit gehabt, sich daran zu gewöhnen. „Ich muss hier gerade noch etwas klären, denn wir haben endlich Anhaltspunkte gefunden und auch die dazugehörenden Typen. Sie gehören sicherlich zu den Leuten, mit denen du es auch zu tun hattest.“

„Verstehe, das hört sich gut an“, antwortete Ellen Schrader. „Ich bin hier in Sicherheit, würde dich aber doch, so schnell es geht, gerne wiedersehen.“

Bitze errötete. „Ich freu mich auch auf dich“, stammelte er und sah aus den Augenwinkeln Beckbachs Grinsen.

„Denk nur bitte an die Schuhe“, sagte sie zur Erinnerung, und damit war ihr Gespräch beendet.

„Was machen diese Typen in einem Möbelcenter?“ Bitze sprach aus, was beide dachten.

„Wir sind vielleicht ein paar Trottel“, entfuhr es Beckbach, „die sind wahrscheinlich schon längst wieder raus.“

Schnell sprangen sie aus dem alten Peugeot und liefen zum Haupteingang.

„Warte du hier, falls sie doch wieder auftauchen sollten“, sagte Bitze zu Beckbach und betrat den Möbelmarkt.

Zahlreiche Menschen schlenderten zwischen Sofas und Sesseln umher. Bitze konnte die Männer nicht entdecken. Er ging in jede Etage, aber überall sah er nur Männer und Frauen mit Maßbändern, die Möbelstücke fürs traute Heim ausmaßen. Er erkundigte sich bei einem Mitarbeiter, ob es Notausgänge im hinteren Bereich gäbe und erfuhr, dass es in der unteren Etage einen Ausgang zum hinteren Parkplatz gab.

Bitze erkannte, dass die Männer wahrscheinlich gemerkt hatten, dass sie verfolgt wurden und mit Sicherheit durch den Hinterausgang das Haus verlassen hatten.

Er ärgerte sich, dass er nicht eher darauf gekommen war.

„Es hätte mir doch auffallen müssen, dass solche Typen nicht am helllichten Tag Möbel kaufen", schalt er sich selbst. Zwei Dinge lagen aber klar auf der Hand: Diese Männer hatten etwas zu verbergen und gehörten sicherlich zu Wüllners Gefolgschaft oder hatten sogar höhere Posten, und sie hatten es mit Gegnern zu tun, die er niemals unterschätzen sollte.

Wenigstens war Ellen Schrader frei und in Sicherheit. Das beruhigte ihn. Als er zu Beckbach zurückkam, stand der Mercedes immer noch an der gleichen Stelle.

„Warum haben sie den Wagen hier stehen gelassen?" dachte Beckbach laut.

„Sie haben uns entdeckt, Becki, und eiskalt ausgetrickst." Bitze erzählte seinem Kollegen von dem Hinterausgang, von dem es nur ein kurzes Stück bis zur Straße hinter dem großen Stromgenerator war. Von dort waren sie dann wahrscheinlich mit einem Taxi weitergefahren.

„Was nun?" Beckbach schaute Bitze fragend an.

„Jetzt lassen wir den Mercedes abholen und von den Kollegen der Spurensicherung durchchecken. Ruf mal unseren Freund Kahr-Nickel an, der hat doch den direkten Draht zu den Kollegen in Recklinghausen."

Kahr-Nickel war außer sich über Bitzes Eigenmächtigkeit. „Was bildet sich dieser Kerl denn ein?" brüllte er ins Telefon. „Ich warte hier jetzt schon eine Stunde, und er kommt mit zuerst mit einer Hausdurchsuchung, und jetzt soll ich noch mal eben ein Fahrzeug, das auf einen Anwalt gemeldet ist, sicherstellen lassen. Nicht mit mir! Ich warte hier nicht mehr lange, dann gibt es Konsequenzen!" Kahr-Nickel hatte aufgelegt.

„Wenn er nicht will, müssen wir uns halt selbst um die Sache kümmern, scheiß was auf die Konsequenzen." Bitze ging rüber zum Mercedes und schaute ihn sich genauer an. Von außen konnte er nichts erkennen. Er rief den Kollegen Polzin in Boy an und bat ihn um Hilfe. „Wir haben hier ein Fahrzeug, das von einem dringend Tatverdächtigen benutzt wurde. Könnt ihr euch mal darum kümmern, ich muss so schnell wie möglich nach Holland." Bitze gab dem Kollegen noch den genauen Standort durch, und Polzin versprach, es in die Hand zu nehmen. Dann meldete sich Hubrich und teilte ihnen mit, dass Wüllner bei Elten die Grenze nach Holland überquert hatte. „Gut gemacht", lobte ihn Bitze, „aber du kannst jetzt zurückkommen, die holländischen Kollegen übernehmen ihn." Anschließend fuhr er mit Beckbach zur Autovermietung in der Essener Straße, denn eins war so sicher wie das Amen in der Kirche: Kahr-Nickel würde ihm unter den gegebenen Umständen nie und nimmer ein Dienstfahrzeug zur Verfügung stellen.

Der Mitarbeiter erklärte ihm die wichtigsten Details des Opel Signums und stellte ihm freundlicherweise schon mal das Navigationsgerät auf die holländische Adresse ein.

„Jetzt müssen Sie eigentlich nur noch fahren", meinte er.

Beckbach übernahm den alten Peugeot und die Aufgabe, Kahr-Nickel in der Dienststelle aufzusuchen. Über beides war er höchst erfreut, aber wenn er eins war, dann loyal zu Bitze. Er wusste natürlich, wie wichtig es für den Hauptkommissar war, Ellen Schrader abzuholen. Vielleicht hatte dann der „Spuk" ein Ende.

Obwohl die Stimme aus dem Navi ihn mehrfach aufforderte, bei der nächsten Gelegenheit zu wenden, fuhr Bitze zunächst ins Zentrum zum großen Schuhgeschäft am Altmarkt und kaufte ein Paar Turnschuhe, Größe 38. „Die werden Ihrer Frau bestimmt gefallen", meinte die Verkäuferin mit einem Lächeln auf den Lippen.

Bitze lächelte zurück, zahlte und fuhr raus nach Kirchhellen. Rick und Roger waren auf der vorderen Wiese und grasten friedlich. Am Eingangstor hing ein Zettel seiner Mutter: „Bin bei Grete." Bitze war froh darüber, denn so konnte er sich lange Erklärungen sparen.

Er ging ins Haus und rief zunächst bei seiner Nachbarin an. „Grüß dich, Grete, kannst du dich heute Abend bitte um die Pferde kümmern und meiner Mutter sagen, dass ich heute nicht nach Hause komme? Macht euch einen schönen Abend. Ich melde mich morgen."

Danach packte er schnell seinen Rucksack mit Zahnbürste und Wechselwäsche, nahm Ellen Schraders Lederjacke und fuhr los, immer den Anordnungen der samtenen weiblichen Stimme aus dem Navi folgend, die ihn Richtung Winterswijk dirigierte.

Am späten Nachmittag in Holland

Ellen Schrader saß am Küchentisch im alten Bauernhof und dachte nach. Nie zuvor hatte es in ihrem Leben so dramatische Veränderungen wie in diesen Tagen gegeben.

Schule, Studium und dann die Arbeit als Anwältin und später als Staatsanwältin, alles war relativ glatt und in ruhigen Bahnen verlaufen. In ihrem Privatleben hatte es vor Jahren einen tiefen Einschnitt gegeben. Der Tod ihres Vaters. Sie war jetzt Mitte dreißig, attraktiv und erfolgreich, hatte die eine oder andere Beziehung gehabt, aber der Richtige war ihr nie begegnet. So hatte sie ihr Leben nach und nach strukturiert und sich durchaus gut organisiert gefühlt. Der einzige Misston in ihrer Privatidylle war bisher eigentlich Hauptkommissar Bitze gewesen. Seit dem ersten Tag ihrer Zusammenarbeit in Bottrop hatte sie nie genau gewusst, ob sie ihn lieben oder hassen sollte und was sie an ihm nicht mochte.

Es gab Blicke, die hatte ihr so nur ihr Vater zugeworfen, meist wenn sie etwas von ihm bekommen wollte. Sie hatten, trotz aller Streitpunkte, immer eine gute, freundschaftliche und tiefgehende Beziehung. Sein Tod hatte sie schwer getroffen, denn mit ihrer Mutter, die sie und ihren Vater früh verlassen hatte, hatte sie keinerlei Verbindung gehabt. Eigentlich hatte sie den Tod ihres Vaters erst verarbeitet, als Hauptkommissar Bitze in ihr Leben getreten war. Dies war ihr in den letzten Tagen richtig klargeworden. Die Auseinandersetzungen mit Bitze waren auch immer Auseinandersetzungen mit ihrer Vergangenheit gewesen, mit den Gefühlen zu ihrem Vater, ihrer Wut und Trauer über die Tatsache, dass er sie alleingelassen hatte. Aus diesem Grund war Bitze der ständige Unruheherd in ihrem Leben gewesen, und eigentlich hätte es ihr damals schon klar sein müssen, dass es schließlich nur Sekt oder Selters in ihrer Beziehung zu Hauptkommissar Bitze geben konnte. Nun war es

Sekt geworden, und sie war froh darüber. Ein Lächeln huschte über ihr Gesicht. Plötzlich glaubte sie ihren Augen nicht zu trauen. Auf der Landstraße, die am Hof vorbeiführte, tauchte ein rotes Auto auf. Angestrengt und ängstlich zugleich starrte sie in die Richtung. Der Wagen kam näher, und auf einmal erkannte sie es genau. Es war das rote Auto, aus dem sie geflohen war. Angst stieg in ihr hoch.

Das Auto fuhr direkt auf den Hof zu. Wo waren Adrie und Piet? Sie musste die beiden warnen. Vorsichtig stand sie auf und ging in den Flur.

Da sah sie Piet, der gerade aus dem Stall kam. Auch er hatte das rote Auto entdeckt. Die Schäferhündin zerrte an der Kette und bellte laut.

Ellen Schrader beobachtete voller Unruhe, wie der Bauer zum roten Auto ging. In diesem Moment kam Adrie aus der Vorratskammer. Ellen Schrader gab ihr ein Zeichen, nicht zu sprechen und zeigte nach draußen zum Auto. Adrie verstand. Schnell ging sie zur Tür und rief ihrem Mann, der gerade das Auto erreicht hatte, etwas zu.

Die beiden Frauen sahen, wie Piet mit dem Fahrer sprach, und warteten gespannt dessen Reaktion ab. Sei bitte vorsichtig, dachte Ellen Schrader, denn dieser Mann ist sehr gefährlich und vermutlich bewaffnet. Auf keinen Fall wollte sie diese beiden lieben und hilfsbereiten Menschen in Gefahr bringen.

Piet gab dem Mann im Auto Zeichen, so als würde er einen Weg beschreiben, und nach einiger Zeit startete der Fremde das Auto, wendete und verließ den Hof.

„Danke“, sagte Ellen Schrader, als Piet die Stube betrat. Der lächelte und erzählte ihr dann, dass er zunächst geglaubt hatte, es wäre der Mann, der sie abholen wollte. Beim näheren Hinsehen war er aber schon unsicher geworden. Zum Glück aber hatte Adrie ihm noch rechtzeitig zugerufen, dass es nicht derjenige war, auf den sie wartete, und da war ihm klar, dass dieser Mann nichts Gutes im Schilde führte. Er hatte ihm erklärt, dass in letzter Zeit niemand auf seinem Hof aufgetaucht war und hatte ihm zum Schluss den Weg zum Nachbarhof erklärt. Daraufhin war der Mann dann gefahren.

Ellen Schrader atmete erleichtert auf, zugleich aber wurde ihr erschreckend deutlich, dass sie es mit einem hartnäckigen Gegner zu tun hatten. Sie hoffte umso mehr, dass Bitze heute kam. Kaum hatte sie wieder in der Küche Platz genommen, als sie den roten Wagen erneut bemerkte, der jetzt aus der anderen Richtung zurückkam und am Straßenrand anhielt.

Piet beruhigte sie und versicherte ihr, im Haus in Sicherheit zu sein. Er ging hinaus und verschloss das Haupttor. Dann ließ er die Schäferhündin von der Kette. Anschließend kam er wieder ins Haus und schloss die Tür. „Schluss für heute“, sagte er.

Der rote Wagen stand noch immer an der Straße. Ellen Schrader erwartete, dass jemand aussteigen würde, aber am roten Wagen blieb alles ruhig. Nichts geschah. Sie machte sich Sorgen um die beiden Alten. Was, wenn der Fremde mit Waffengewalt ins Haus eindringen würde? Skrupel kannten solche Typen doch nicht! Plötzlich tauchten vom anderen Ende der Straße zwei Scheinwerfer auf, und ein weiteres Auto näherte sich dem Hof.

Schnell wählte Ellen Schrader Bitzes Handynummer, der auch sofort am Apparat war. Tatsächlich war er es, der mit seinem Wagen dort stand und laut Navi eigentlich sein Ziel erreicht hatte. „Du bist auch fast da“, rief Ellen Schrader erleichtert in den Hörer, „links von dir, der kleine Hof mit dem geschlossenen Tor, da ist es. Du bist aber nicht allein auf der Straße. Siehst du den roten Wagen vor dir auf der anderen Seite? Das ist das Auto, aus dem ich geflüchtet bin. Scheinbar geben diese Leute nicht so schnell auf. Also komm bitte nicht direkt hierhin, sondern fahr erst weiter geradeaus. Wenn es etwas dunkler geworden ist, kommst du zurück und fährst direkt vor das Tor. Bart wird dir dann öffnen.“

Bitze fuhr weiter und warf einen Blick in das rote Auto. Er sah einen bulligen Typen, den kahlrasierten Schädel an die Kopfstütze gelehnt, der zu schlafen schien.

Im nächsten Ort aß er eine Portion Kibbeling an einer kleinen Fischbude und erreichte wenig später erneut den Hof. Der rote Wagen stand immer noch dort, aber Bitze vermied einen Blick in das Wageninnere, um sich so unauffällig wie möglich zu verhalten. Wenig später trat er ins Haus, und Ellen Schrader hielt ihn fest umarmt. Sie stellte ihm die beiden Hofbesitzer vor, und er bedankte sich bei Bart und Adrie für die Hilfe. Dann gab er Ellen Schrader ihre Lederjacke, die er in der Bodega Bar gefunden hatte, und beide mussten an ihren ersten gemeinsamen Abend denken, der so ein unvorhergesehenes Ende gefunden hatte, aber für sie der Beginn einer so nicht vorhergesehenen Beziehung war. „Ach ja, das hätte ich fast vergessen", sagte er und reichte ihr den Karton mit den Turnschuhen.

Mittlerweile war es draußen so dunkel geworden, dass man die Straße vom Haus aus nicht mehr sehen konnte.

Bitze hatte in der Zwischenzeit mit Kriminalinspektor Snijder telefoniert und ihm von dem Mann in dem roten Auto berichtet, der an der Verschleppung Ellen Schraders beteiligt war und sie augenscheinlich erneut suchte. Snijder versprach, sich unverzüglich um die Sache zu kümmern. Bart hatte inzwischen den Hund ins Haus geholt. Er würde sofort anschlagen, sollte sich jemand dem Haus nähern.

Bitze verbrachte den Abend damit, Ellen Schrader über die Entwicklungen in Bottrop aufzuklären, angefangen bei ihrer Entführung, die sie ja auf die Spur der russischen Frauen gebracht hatte, bis hin zum Erscheinen des „großartigen" Kollegen Kahr-Nickel aus Recklinghausen. „Der heißt wirklich so", ignorierte er ihr Lachen. Dann erzählte Ellen Schrader vom Austausch der Frauen kurz hinter der Grenze, wobei ihr die andere Frau nicht bekannt war, vermutlich war es aber die, die sich nach Holland abgesetzt hatte. Sie schilderte ihm ihre abenteuerliche Flucht vom Rastplatz, durch den Fluss bis zum Hof. Irgendwann hatte er seinen Arm um ihre Schulter gelegt, und beide waren dann auf dem Sofa eingeschlafen. Das Knurren des Hundes weckte Bitze.

Angestrengt lauschte er nach draußen. Irgendjemand schlich auf dem Hof herum. Auch Piet hatte etwas gehört und kam nach unten. Sie verhielten sich ruhig und konzentrierten sich auf die Geräusche von draußen, die jetzt aus Richtung der Fenster kamen. Wer immer auch auf dem Hof sein mochte, er untersuchte scheinbar die Fenster.

„Soll ich den Hund rauslassen?" flüsterte Piet.

„Lieber nicht", meinte Bitze, „wenn der da draußen bewaffnet ist, hat der Hund keine Chance. Wir sollten nur dann handeln, wenn er versucht einzusteigen." Auch Ellen Schrader war jetzt wach geworden und schaute die beiden Männer fragend an.

Der Hund hatte sich beruhigt, und auch Piet und Bitze entspannten sich. Im Hof war es wieder ruhig geworden, und keine Geräusche drangen mehr nach innen.

Ellen Schrader ging auf ihr Zimmer und gab Bitze ein eindeutiges Zeichen. „Ich möchte, dass du heute Nacht hier ganz nah bei mir bleibst." Sie lächelte ihn an, doch irgendwie hatten sich beide ihre erste gemeinsame Nacht anders vorgestellt.

Am selben Abend in Bottrop

Kurz nach Einbruch der Dunkelheit hatten Robotnikov und seine Männer Wüllners Villa an der Sterkrader Heide erreicht. Kein einziges Licht war im ganzen Haus zu sehen. „Das Vöglein ist ausgeflogen. Na gut, dann werden wir ihm mal einen kleinen Denkzettel verpassen."

Robotnikov gab einem seiner Männer ein Zeichen, und der holte eine kleine Colaflasche aus dem Auto. Die Flasche war mit einem Flüssigkeitsgemisch und Watte gefüllt, von der ein Stück am Flaschenhals herausschaute, ein klassischer Molotowcocktail.

Mit einem kurzen Tritt brach einer der Männer das Fenster zum Heizungskeller auf, zündete den Wattedocht der Flasche an und warf sie in den Kellerraum, wo sie mit einem lauten Knall explodierte und eine große Stichflamme freisetzte. Schnell fraßen sich die Flammen Richtung Öltank, und die Männer liefen so schnell es ging zum Wagen, der mit quietschenden Reifen losfuhr. Raisa, die noch immer im Gästezimmer der ersten Etage lag, erwachte vom Klirren der zersplitternden Glasscheibe. Benommen rappelte sie sich auf und versuchte sich zu orientieren. Langsam setzte die Erinnerung ein, und sie schwankte Richtung Zimmertür.

Verzweifelt zog und drückte sie an der Klinke, aber die Tür ließ sich nicht öffnen. Noch einmal unternahm sie einen Versuch, als eine heftige Detonation das Haus erschütterte. Sie spürte nicht mehr, wie ihr der Boden unter den Füßen weggezogen wurde, und in den letzten Sekunden ihres Lebens dachte sie an den Mann, mit dem sie gerne ihre Zukunft gelebt hätte.

Um zehn war bei der Feuerwache der Hans-Sachs-Straße ein Notruf eingegangen, dass in der Sterkrader Heide eine Villa in Flammen stand.

Sofort rückten zwei Löschzüge aus und erreichten kurze Zeit später die Wüllnersche Villa, die bereits lichterloh brannte.

Kurz vor Mitternacht war das Feuer gelöscht. Beim Begehen des ausgebrannten Hauses stießen die Trupps auf eine stark verkohlte Leiche. „Ach du Scheiße", entfuhr es dem Truppführer, „hier war ja noch jemand im Haus."

Der siebte Tag

Bottrop im Morgengrauen

Die Männer der Spurensicherung aus Recklinghausen hatten ihre Arbeit in der ausgebrannten Villa an der Sterkrader Heide am frühen Morgen aufgenommen.

Kahr-Nickel, der, außer sich vor Wut über Bitzes Verschwinden, dem Kollegen ein Disziplinarverfahren anhängen wollte, hatte sich persönlich um die Aufnahme der Ermittlungsarbeiten gekümmert und Beckbach zum Brandort zitiert.

„Ihr Kollege Bitze kann sich warm anziehen", begrüßte ihn Kahr-Nickel, „ist einfach mir nichts, dir nichts nach Holland, und hier brennt die Villa eines bekannten Großindustriellen ab. So geht das nicht, und das wird Folgen haben."

Beckbach sah auch Doktor Weidenbach, den Gerichtsmediziner, der die Leiche inspizierte. „Irgendwelche Erkenntnisse?"

Weidenbach schaute zu ihm auf. „Eine Frau, das ist ziemlich sicher, schätzungsweise Anfang dreißig, mehr kann ich dir im Moment nicht sagen. Ich bezweifle auch, ob ich bei diesem Zustand noch viel mehr herausbekommen werde. Wo ist denn eigentlich dein Partner?“ fragte der Doktor mit Blick auf Kahr-Nickel.

„Frag besser nicht, erzählen wir dir später.“

„Gut“, meinte der Mediziner, „ruft mich heute Nachmittag mal an, dann weiß ich mehr.“

Wer war die verkohlte Leiche? überlegte Beckbach. Welche Rolle spielten die Männer, denen sie zum Möbelcenter gefolgt waren, und wann kam Bitze endlich wieder? Viele Fragen, auf die Beckbach keine Antworten wusste.

Er wurde von Kahr-Nickel aus seinen Gedanken gerissen. „In zehn Minuten in der Dienststelle, kurze Besprechung, klar!“

*

Köhne hatte, wie so oft in der letzten Zeit, sehr unruhig geschlafen. Er machte sich große Sorgen um Raisa. Wo war sie, und wo sollte er anfangen, sie zu suchen?

Im Radio berichtete der Lokalsender vom Brand in der Sterkrader Heide. Die Villa des bekannten Unternehmers Josef Wüllner war bis auf die Grundmauern niedergebrannt. Die Polizei ging von Brandstiftung aus. In den Trümmern hatten die Feuerwehrmänner eine Leiche gefunden, über die man bisher nur sagen konnte, dass es sich um eine circa dreißigjährige Frau gehandelt haben könnte. Beim letzten Satz zuckte Köhne unmerklich zusammen. Sofort dachte er an Raisa. Hatte sie ihm nicht von einem Wüllner und seinen Machenschaften im Rotlichtmilieu erzählt? War es nicht sogar der Wüllner, dem sie entkommen war? Krampfhaft dachte er nach. Er befürchtete das Schlimmste und beschloss zur Dienststelle der SOKO in die Gladbecker Straße zu fahren, um sich dort zu erkundigen und Hauptkommissar Bitze seine Vermutungen mitzuteilen.

Unterwegs betete er, dass es nicht Raisa war, aber seine innere Stimme schickte ihm negative Signale. Hatte er sie für immer verloren?

Holland, derselbe Morgen

Bitze wurde am frühen Morgen wach und meinte, wieder Geräusche vom Hof zu hören. Er betrachtete Ellen Schrader, die friedlich neben ihm schlief. Selten hatte er in den letzten Jahren einen solch schönen Moment erlebt.

Das war, wenn überhaupt, vor der Trennung gewesen, als die Welt für Rebekka und ihn noch in Ordnung war. Wegen ihr war er sogar raus nach Kirchhellen gezogen, weil sie es in der Stadt nicht aushielt. Dort, auf dem Land, sollten ihre Kinder großwerden. Er hatte zwar immer gemeint, dass es für einen Polizeihauptkommissar wahrscheinlich besser wäre, keine Kinder zu haben, für Rebekka hatte er sämtliche Bedenken über Bord geworfen.

Doch dann war sie eines Tages weg, einfach so, ohne Vorwarnung. Es hatte ihn Jahre gekostet, damit fertig zu werden. Nicht nur mit der Tatsache, dass sie ihn so einfach fallengelassen hatte, sondern vielmehr mit der Erkenntnis, vorher nichts gemerkt und Anzeichen nicht richtig gedeutet zu haben. Bei Ellen Schrader war es eher umgekehrt gewesen. Er hatte sie anfangs nicht sonderlich gemocht. Hatte sie für eine dieser hochnäsigen Tussen gehalten, denen die Karrieregeilheit aus den Augen sprühte. Dazu noch gefühlskalt und emotionslos. Erst nach und nach hatte er gemerkt, wie sie ihn doch interessierte und immer begehrenswerter wurde, mit jeder Auseinandersetzung, die sie hatten, je tiefer er hinter ihre Fassade blickte. Er hauchte ihr einen zarten Kuss auf die Wange und stand auf. Aus dem Fenster konnte er den Hof einsehen, und er entdeckte Bart, der gerade die Stalltür öffnete. Schnell zog er sich an und ging nach unten.

Sofort ging sein Blick Richtung Straße. Da stand der rote Wagen immer noch. Er schaltete sein Handy an und sah, dass Beckbach bereits versucht hatte, ihn anzurufen. Wenn er es so früh am Morgen versucht, dachte Bitze, dann muss es verdammt dringend sein. Also wählte er Beckbachs Nummer.

„Endlich“, war dessen erstes Wort, „hier ist der Teufel los. Kahr-Nickel würde dich am liebsten gleich suspendieren lassen, und Wüllners Villa ist letzte Nacht abgebrannt. Aber nicht nur das, im Haus wurde eine stark verkohlte Frauenleiche gefunden. Jetzt kommst du!“

Schweigen in der Leitung. „Ganz ruhig, Becki. Ich habe Ellen Schrader, und wir kommen so schnell es geht zurück. Das mit der Villa stinkt gewaltig nach den Russen, erinnere dich an Kropp. Die Leiche könnte vermutlich die Frau gewesen sein, die kurz hinter der Grenze bei Winterswijk gegen Ellen Schrader ausgetauscht wurde. Mich würde nur zu gern interessieren, ob Wüllner schon davon weiß. Um den Recklinghauser mach dir keine Sorgen, der kann mich sowieso mal.“

„Ich würde ihn nicht unterschätzen, Udo.“ Selten nannte ihn Beckbach bei seinem Vornamen.

„Was ist mit dem Benz? Hat Polzin schon etwas gefunden?“ wollte Bitze noch wissen. Aber Beckbach war noch gar nicht dazu gekommen, beim Kollegen Polzin nachzufragen. Mit einem ehrlich gemeinten „Halt die Stellung, ich bin bald wieder da“, beendete Bitze ihr Gespräch.

In der Zwischenzeit war auch Ellen Schrader aufgestanden und in die Wohnstube gekommen. Mit Schrecken hatte sie das rote Auto wahrgenommen und Bitze ein Zeichen gegeben. Der hatte bereits Snijders Nummer gewählt und seinem niederländischen Kollegen die Sachlage geschildert. Snijder hatte umgehend die Politiebureau in Doetinchem benachrichtigt, und die Kollegen dort hatten sich sofort auf den Weg gemacht. Bitze sollte inzwischen versuchen, den roten Wagen am Wegfahren zu hindern. Beide waren sich einig, dass ein Zugriff schnell und überraschend erfolgen musste. Sie erhofften sich, endlich einmal einen der Mittäter zu fassen und so weitere Spuren und Hinweise zu den Hintermännern zu bekommen. Außerdem saß in dem Wagen immerhin einer der Entführer Ellen

Schraders. Und dann wäre es für die weiteren Ermittlungen äußerst wichtig, einen ersten Fahndungserfolg zu erzielen.

„Ich geh da jetzt mal raus." Bitze zog sich seine alte, abgewetzte Lederjacke über. Ellen Schrader blieb im Haus, denn noch hatte der Mann im roten Auto keine Gewissheit erlangen können, dass sie tatsächlich auf dem Hof war.

Als Bitze die Eingangstür öffnete, schlug ihm eine frische Brise entgegen. Er zog den Jackenkragen höher, schob das Hoftor auf und ging Richtung Landstraße.

Beim Näherkommen sah er, dass tatsächlich ein Mann im Fahrzeug saß, der zu schlafen schien. Bitze blieb auf der anderen Straßenseite und beobachtete ihn aus den Augenwinkeln. Er tastete nach seiner Dienstwaffe, die er in der Jackentasche trug. Als er etwa drei Meter am roten Auto vorbei war, hörte er, wie der Wagen angelassen wurde. Also musste der Fahrer doch Lunte gerochen haben und hatte sich vermutlich nur schlafend gestellt. Bitze hätte sich auch, bei allem, was bisher passiert war, denken können, dass ein solcher Gegner sich nicht so einfach ausschalten ließ. Er drehte sich um und lief zum Wagen zurück, als der Fahrer gerade anfuhr. Im Laufen zog er seine Waffe und schoss. Der hintere rechte Reifen zerplatzte mit einem lauten Knall, ein weiterer Schuss, und Bitze hatte auch den anderen Hinterreifen zerschossen, der Wagen schlingerte und blieb dann stehen. Bitze sah noch, wie die Fahrertür aufgerissen wurde und warf sich geistesgegenwärtig neben den Straßenrand, als auch schon eine Salve von Schüssen aus einer Maschinenpistole auf ihn abgegeben wurde. Bitze blieb in Deckung, bemerkte aber, dass der Schütze plötzlich Richtung Hof lief. Er riss seine Waffe hoch und schoss. Mit einem Aufschrei fiel der andere Mann zu Boden und blieb liegen.

In diesem Moment sah Bitze am Ende der Straße zwei Wagen der holländischen Kollegen auftauchen. Kurze Zeit später war der Spuk vorbei. Ellen Schraders Entführer blutete aus dem Oberschenkel. Bitzes Kugel hatte den Muskel glatt durchschossen. Sie legten einen Notverband an und riefen ein Sanitätsfahrzeug.

„Kann es Ärger geben?" Bitze wandte sich an Ellen Schrader. „Deutscher Polizist ballert in den Niederlanden rum."

„Natürlich gibt es Angenehmeres." Ellen Schrader zog die Stirn in Falten und dachte nach. „Andererseits war es ein hochgradig Tatverdächtiger, den ich eindeutig als solchen wiedererkannt habe. Wir sollten aber so schnell wie möglich unseren Amsterdamer Kollegen zu Rate ziehen."

Bitze hatte bereits Snijders Nummer gewählt, ihn aber nicht auf Anhieb erreicht. Einer der Beamten aus Doetinchem hatte die Wohnstube des Bauernhauses betreten und sich als Politieagent Thijs van Leest vorgestellt. Er hatte zunächst dafür gesorgt, dass der Angeschossene mit polizeilicher Begleitung ins Hospital nach Doetinchem gebracht wurde. Danach würde man entscheiden, wie es weitergehen solle.

Ellen Schrader wollte auf jeden Fall versuchen, eine Überstellung des Mannes nach Bottrop oder Oberhausen zu erreichen, da der dringende Verdacht bestand, dass dieser Mann zu der Personengruppe gehörte, die für die Straftaten der vergangenen Tage in Bottrop verantwortlich war. Bitzes Handy klingelte, und es war Snijder, der zurückrief. In knappen Worten erzählte ihm Bitze, was vorgefallen war. Snijder hörte genau zu, ließ sich dann den Kollegen van Leest geben und klärte die weitere Vorgehensweise mit dem Mann aus Doetinchem ab.

Sie einigten sich schließlich darauf, dass Ellen Schrader von Bottrop aus versuchen sollte, eine Auslieferung des Mannes zu erreichen. Wenn es nötig wäre, könnten sie jederzeit Hilfe von ihm bekommen.

Dann verließ Politieagent Thijs van Leest den Hof, um zu seiner Dienststelle zurückzufahren. Vorher ließ er sich die Aussagen der beiden deutschen Beteiligten noch unterschreiben.

Nun war es Zeit für Ellen Schrader und Bitze, die Heimfahrt nach Bottrop anzutreten.

Sie verabschiedeten sich von Piet und Adrie und versprachen, sobald sie mal frei hätten, für ein paar Tage zurückzukommen, um dann eine unbeschwerte Zeit auf dem Hof zu genießen. Vor allem

Ellen Schrader hatte die beiden ins Herz geschlossen, und als sie neben Bitze im Wagen saß, ließ sie ihren Tränen freien Lauf.

So fuhren sie eine Zeit lang schweigend nebeneinander und erreichten die Autobahn Richtung Winterswijk.

Ellen Schrader zeigte Bitze den Rastplatz, von dem aus ihr die Flucht gelungen war, und in diesem Moment dachten beide an die Frau, die Ellen Schrader beim Austausch hinter der Grenze nur flüchtig kennengelernt hatte.

Bottrop am Nachmittag

Köhne saß jetzt schon fast eine Stunde im Warteraum der Bottroper Polizeidienststelle, ohne dass sich jemand um ihn gekümmert hätte. Hauptkommissar Bitze, den er verlangt hatte, sei momentan nicht da. Die Warterei machte ihn fast verrückt. Vielleicht würde er hier doch mehr erfahren.

Vergebens hatte er gehofft, Raisa würde sich irgendwie bei ihm melden, aber er hatte nichts von ihr gehört. Wenn er ihre Handynummer wählte, sprang jedes Mal die Mailbox an.

Einer der beiden Beamten, mit denen er zuerst gesprochen hatte, bot ihm einen Kaffee an. Er stellte sich als Kommissar Beckbach vor und bedauerte, dass Hauptkommissar Bitze immer noch nicht zurück war. Köhne erfuhr im Gespräch mit dem Kommissar, dass Bitze in einer dringenden Angelegenheit nach Holland gemusst hätte, und das machte ihn hellhörig.

Er berichtete dem Kommissar von seinen Erlebnissen in Holland, und er befürchtete, dass seine Freundin Raisa womöglich die Tote in der abgebrannten Villa war.

Beckbach hörte interessiert zu, und als er gerade eine Rückfrage stellen wollte, ging die Tür auf. Bitze und Ellen Schrader betraten den Raum. Beckbach begrüßte die beiden und stellte ihnen den Mann aus Bottrop vor. Ellen Schrader forderte Köhne auf, seine Freundin zu beschreiben, und nach allem, was Köhne sagte, war sie sich sicher, dass es die Frau war, die an der Grenze vom roten Auto ins Wohnmobil umsteigen musste.

Ellen Schrader befürchtete das Schlimmste und überlegte, wie sie mit der weiteren Befragung fortfahren sollte, als die Tür zum Warteraum erneut aufgerissen wurde und Kahr-Nickel mit hochrotem Kopf hereinstürmte.

„Sie sind doch wohl nicht mehr ganz bei Trost, hier so einfach wieder einzulaufen? Was haben Sie sich bloß dabei gedacht?“ schrie er Bitze an, der mit dieser plötzlichen Verbalattacke in einer solchen Schärfe allerdings rechnen musste.

„Darf ich vorstellen, Ellen Schrader, die ermittelnde Staatsanwältin“, erwiderte er mit ruhiger Stimme.

„Sie, Sie sind Frau Ellen Schrader?“ Kahr-Nickel schaute Ellen Schrader mit großen Augen an.

„Ich glaube, wir besprechen das mal lieber in meinem Büro, Herr Kollege“, bat sie Kahr-Nickel, ihr in die obere Etage zu folgen. Zu Bitze und Beckbach gewandt sagte sie: „Kümmert ihr euch bitte um Herrn Köhne, und fragt beim Kollegen Weidenbach nach, ob er etwas Neues sagen kann. Vielleicht brauchen wir Herrn Köhne ja noch. Wir sehen uns dann später.“

Bitze ging mit Beckbach und Köhne zunächst in sein Büro, und dort ließen sie sich von Köhne die Geschichte mit Raisa, angefangen auf einem Rastplatz im Sauerland, erzählen. Als er geendet hatte, griff Bitze in seine Schreibtischschublade und holte Kemmerlings rotes Notizbuch heraus. Er schlug eine Seite auf, auf der Bruno etwas von einer Frau geschrieben hatte, die aussteigen wollte und ihm wichtige Informationen geliefert hatte. Die letzte Notiz Kemmerlings war, dass diese Frau für einige Zeit Wüllners Geliebte war, dann aber versucht hatte, Kropp auf ihre Seite zu ziehen. Kemmerling hatte allerdings nicht herausbekommen, ob die Frau tatsächlich auch ein Verhältnis zu Kropp hatte.

Bitze wurde einiges klar. Er war sicher, dass Wüllner auf jeden Fall seine Finger im Spiel gehabt, aber scheinbar die Kontrolle über die Sache verloren hatte. So wären seine überstürzte Abreise und der Brandanschlag auf seine Villa zu erklären. Wieso die Frau im Haus war, wollte Bitze noch nicht so recht einleuchten, aber dafür würde er sicherlich auch noch eine Erklärung finden.

Der Lastwagenfahrer, der vor ihm saß, tat ihm unendlich leid, denn er konnte mitfühlen, wie ihm zumute war. Er befürchtete, dass die Wahrheit noch brutaler für den Mann werden würde. Das Telefon auf seinem Schreibtisch klingelte, und der Gerichtsmediziner war dran. Doktor Weidenbach berichtete von seinen Erkenntnissen, dass es sich bei der Toten auf jeden Fall um eine Frau gehandelt hatte, Alter um die dreißig. Außerdem hatte man einen roten Damenschuh in der Villa sichergestellt, der wahrscheinlich der Frau gehört hatte, die Größe würde passen. Bitze fragte, ob er den Schuh mal sehen könnte, und Weidenbach versprach, dass er jemanden mit dem Schuh zur Dienststelle schicken würde.

Es dauerte nicht lange, und ein Mitarbeiter der Spurensicherung brachte einen kleinen Karton. Bitze bedankte sich und öffnete das Paket. Er nahm eine durchsichtige Plastiktüte heraus und packte den Schuh aus.

Köhne liefen Tränen über die Wangen. Es war eindeutig Raisas Schuh, der da vor ihm auf dem Schreibtisch lag, und den sie zuletzt in Holland getragen hatte.

Zögernd griff Köhne nach dem Schuh und hielt ihn zärtlich in den Händen. Er stellte sich vor, wie grausam es für Raisa in der Villa gewesen sein musste. Hatte sie verzweifelt um Hilfe geschrien, sogar seinen Namen gerufen? „Warum nur Raisa, warum nur?“ stammelte er und sah die beiden Polizisten an.

Beckbach und Bitze schwiegen. Langsam stand Köhne auf, nahm den Schuh und verließ das Büro. Beckbach wollte ihn aufhalten, aber Bitze gab ihm ein Zeichen sitzen zu bleiben. „Lass ihn gehen, wenn wir ihn noch mal brauchen, wissen wir, wo wir ihn finden.“

„Und der Schuh?“

„Was sollen wir mit dem Schuh, Becki? Es ist wahrscheinlich das Einzige, was ihm von seiner großen Liebe bleibt.“

Bitze rief Ellen Schrader im Büro an und berichtete ihr von der Identifizierung des Schuhs und dass sie hundertprozentig davon ausgehen könnten, dass es sich bei der Toten in Wüllners Villa um die Frau handelte, die sie zuletzt beim Austausch an der Grenze gesehen hatte.

Sie bedankte sich und meinte: „Ich muss noch ein paar Dinge mit dem Kollegen Kahr-Nickel klären. Warte aber bitte auf mich."

Im Norden Hollands am späten Nachmittag

Kriminalinspektor Kees Klok schlenderte gemütlich durch Egmonds Gassen. Am letzten Abend hatte er dann doch endlich eine interessante Bekanntschaft gemacht. Er hatte sich in der Calypso Bar als äußerst spendabler Tourist präsentiert und Eindruck auf die Damenwelt gemacht.

Schließlich hatte er sich für die dunkelhaarige Melissa entschieden, deren Akzent ihre russische Herkunft verriet. Sie hatten sich in eine kleine Nische zurückgezogen und waren bei einigen Gläschen Champagner ins Plaudern gekommen. Melissa hatte sich in seiner Nähe wohlgefühlt, ihn aber immer wieder gefragt, ob er mit ihr zufrieden sei. Dabei bemerkte er ihre ängstlichen Blicke Richtung Bar, hinter der ein großgewachsener, dunkelhaariger Hüne stand. Klok hatte noch eine Flasche des perlenden Getränks geordert und war dann mit Melissa auf ein Zimmer im oberen Stockwerk des Hauses gegangen. Als sie, dort angekommen, anfangen wollte, ihr recht knapp geschnittenes rotes Lederkleid auszuziehen, gab er ihr ein Zeichen, damit aufzuhören. Sie hatte ihn daraufhin zweifelnd angeschaut, denn so eine Reaktion war sie von den Männern nicht gewohnt.

Klok schüttete ihnen noch ein Glas ein und schaute sich im Raum um. Er war sicher, dass es hier ein Überwachungsinstrument gab. Rein zufällig fiel sein Blick dabei auf einen kleinen Gegenstand oberhalb des großen Wasserbettes, das die Hälfte des Raumes einnahm. Es sah auf den ersten Blick wie eine kleine rote Lampe aus, aber beim genauen Hinsehen sah er, dass es die Linse einer kleinen Kamera war. Irgendwo im Haus gab es demnach eine Zentrale, von der aus alle Zimmer beobachtet wurden. Er durfte Melissa aber nicht in Gefahr bringen. Melissa sah ihn enttäuscht an, als er sein Glas leerte und Anstalten machte zu gehen.

Kees Klok stellte sich in den toten Winkel der Überwachungskamera und schrieb „Morgen um 17 Uhr in der kleinen Strandbar“ auf einen Zettel, gab Melissa einen Hunderteuroschein und ging.

Kees Klok setzte sich an einen Fenstertisch der Strandbar und wartete. Am Mittag hatte er noch mit Inspektor Snijder telefoniert und ihm von den neuesten Entwicklungen und seinem Plan, über die kleine Russin an die Hintermänner zu kommen, berichtet. Snijder hatte ihm noch mitgeteilt, dass ein gewisser Jo Wüllner aus Bottrop, der für seine Aktivitäten mit russischen Partnern bekannt war, in nächster Zeit bei ihnen eintreffen würde. Er hatte Klok noch gewarnt und geraten vorsichtig zu sein. Es war mittlerweile kurz nach fünf, und Melissa war immer noch nicht da. War sie etwa aufgeflogen, und jemand anderes hatte seinen Zettel gelesen? Kees Klok bestellte sich noch einen Milchkaffee und blickte unruhig Richtung Eingang. Er hatte schon fast die Hoffnung aufgegeben, dass sie kommen würde, als Melissa die Strandbar betrat.

Sie entdeckte Klok sofort und setzte sich zu ihm an den Tisch. „Du bist von der Polizei, oder?“ sagte sie und bestellte sich auch einen Milchkaffee.

Kees Klok erzählte ihr, warum er die Bars in Egmond und Umgebung besucht hätte. Melissa hörte ihm genau zu und nickte mehrmals zustimmend. Sie war über die Agentur von Saratov mit dem Versprechen nach Amsterdam gelockt worden, in einer Modelagentur, für die auch ihre Freundin Irina tätig wäre, zu arbeiten. Sie hatte weder die Agentur noch ihre Freundin Irina jemals gesehen. Nach einer halben Stunde hatte Klok genug erfahren.

Die Calypso Bar gehörte eindeutig zum Netzwerk der illegalen Prostitution mit Frauen aus Russland. Nach allem, was Melissa erzählte hatte, lief es genauso ab, wie sie es von den Kollegen aus Bottrop gehört hatten. Langsam nahm das Netzwerk erkennbare Formen an, und es musste ihnen jetzt darum gehen, beteiligte Personen herauszufischen und auf diesem Wege das Ganze zu zerschlagen. Wie Klok am Vormittag von Snijder erfahren hatte, war von der Polizei in Doetinchem ein Verdächtiger angeschossen und verhaftet worden. Auch aus Bottrop meldeten die Kollegen, dass Bewegung in die Sache käme und sich ein Hauptverdächtiger auf dem Weg nach Holland befände. Das wusste er vom Kollegen Snijder. Kees Klok beschloss, der Calypso Bar am Abend einen weiteren Besuch abzustatten. Oberinspektor Wim Snijder wollte ihn begleiten.

Abend in Bottrop

Ellen Schrader hatte eine geschlagene Stunde versucht, den Kollegen Kahr-Nickel davon zu überzeugen, dass Hauptkommissar Bitze zwar eigenmächtig, aber völlig richtig gehandelt hatte. Immerhin war es um ihr Leben gegangen, und sie war es auch gewesen, die ihn nach Holland gerufen hatte. Kahr-Nickel wollte es dennoch nicht akzeptieren, dass das alles ohne seine Zustimmung geschehen war. Er war ja nicht einmal rechtzeitig davon informiert worden.

„Ich werde deshalb nicht umhin kommen, im Recklinghauser Präsidium von diesen Eigenmächtigkeiten zu berichten.“ Mit diesen Worten hatte er das Gespräch beendet und war grußlos gegangen.

Ellen Schrader rief Bitze an. Sie verabredeten sich für den Abend. Zunächst wollte sie noch ein paar Sachen aus ihrer Wohnung holen und dann mit ihm raus nach Kirchhellen fahren. Bitze freute sich wie lange nicht mehr, und Beckbach wunderte sich immer noch. „Ma ährlich, dat is doch nich normal“, meinte er kopfschüttelnd, und setzte ein dreifaches „Mann Mann Mann“ hinzu. Vorher wollten sie noch im Brauhaus-Hotel vorbeifahren, um sich nach dem Befinden der russischen Damen zu erkundigen. Ellen Schrader beschloss, sie zu begleiten. Auf dem Weg dorthin brachten sie noch den Leihwagen zurück, an den Bitze sich fast schon gewöhnt hatte.

Bottrops Ausgaben von Toto und Harry blickten erstaunt, als sie die Staatsanwältin im Gefolge von Bitze und Beckbach sahen, sagten aber nichts. Sie berichteten, dass eigentlich alles in Ordnung sei. Allerdings wäre ihnen ein Gast aufgefallen, der ohne auch nur ein Gepäckstück dabei zu haben, ein Zimmer für eine Übernachtung gebucht hatte. „Gut aufgepasst“, lobte Bitze und erkundigte sich an der Rezeption, unter welchem Namen der Mann eingecheckt hatte. Dem Portier war aufgefallen, dass der Mann, der sich unter dem Namen Harry Klein eingetragen hatte, gebrochenes Deutsch sprach.

„Wenn der Harry Klein heißt, bin ich Derrick“, meinte Bitze zu seinen Begleitern. Sie überlegten kurz, wie sie weiter vorgehen sollten. Wer war dieser Gast? Woher konnten die Betreiber der Bodega Bar, zu denen der Mann, der sich Harry Klein nannte, durchaus gehören konnte, wissen, dass die Frauen, die dort im Keller gefangen gehalten wurden, in dieses Hotel gebracht worden waren? Vielleicht checkten die Russen ja auch alle Hotels durch?

„Entweder wir bringen die Damen woanders hin“, beendete Ellen Schrader ihre Überlegungen, „oder wir befassen uns intensiver mit dem neuen Gast.“

Zunächst wollte sie sich ein eigenes Bild der Lage machen und ging auf das Zimmer von Ludmilla und den anderen Frauen. Bitze inspizierte mit Beckbach in der Zwischenzeit den oberen Flur. Vor der Tür mit der Nummer 21 blieben sie stehen und lauschten. Von „Harry Klein“ drangen keine Geräusche nach außen. Bitze hatte eine Idee, und er gab Beckbach ein Zeichen. „Hör zu, Becki“, sagte er, „wir müssen da rein, und ich kann mir auch vorstellen, wie ich es schaffe. Komm mit nach unten.“

An der Rezeption ließ er sich einen Servicewagen mit Getränken geben, zog sich eine weiße Kellnerjacke über und machte sich auf den Weg in die obere Etage.

Er klopfte an der Tür mit der Nummer 21, und obwohl er keine Antwort erhielt, öffnete er sie langsam und betrat den Raum. Der Mann lag auf dem Bett und schien zu schlafen. Als Bitze näher kam, öffnete er plötzlich die Augen und fauchte ihn an, er solle verschwinden. Bitze murmelte eine Entschuldigung und trat den Rückzug an. Aus den Augenwinkeln entdeckte er die Waffe, die neben dem Mann auf dem Bett lag, ein 4,5mm Diabolo Revolver der Marke Smith & Wesson. Schnell verließ er das Zimmer.

Im Foyer traf er Ellen Schrader und die Kollegen. „Wir hatten recht", begann er, „der Typ ist bewaffnet und augenscheinlich nicht zur Erholung hier. Die Leute aus der Bodega Bar müssen einen Tipp bekommen oder anderweitig herausgefunden haben, wo wir die Frauen hingebracht haben."

„Wir haben die Frauen schon aufgefordert, auf keinen Fall ihre Zimmer zu verlassen", erklärte Ellen Schrader.

Bitze griff zum Handy. Nach einigen Minuten hatte er Dr. Weidenbach aus der Gerichtsmedizin am Hörer und erkundigte sich nach dem Kaliber, mit dem Kemmerling erschossen wurde.

„4,5 Millimeter", murmelte er, als das Telefonat beendet war, und drehte sich zu den anderen um. „Auf Zimmer 21 ist wahrscheinlich der Mann, der Bruno Kemmerling erschossen hat."

„Ich vermute", äußerte sich Beckbach, „dass er allein nichts machen wird. Wahrscheinlich soll er nur feststellen, ob die Damen hier sind. Da er aber wahrscheinlich die Kollegen im Foyer gesehen hat, wird er eins und eins zusammenzählen und seine Leute informieren. Das wäre unsere Chance, wenn sie hier auftauchen würden. Deshalb sollten wir diese Nacht rund um die Uhr wachsam sein."

Die anderen stimmten Beckbachs Vermutungen zu, und Bitze rief in der Dienststelle an. Er forderte zusätzliches Personal. Beckbach erklärte sich bereit, vor Ort zu bleiben. So konnten sich Bitze und Ellen Schrader auf den Weg nach Kirchhellen machen, denn die Staatsanwältin hatte im Laufe des Abends festgestellt, dass die Ereignisse in Holland Nachwirkungen zeigten. Sie wollte erst mal nur schlafen.

Ungefähr zur gleichen Zeit am Abend in Egmond

Wim Snijder und Kees Klok trafen sich um acht vor dem Calypso. Beim Betreten der Bar kam ihnen Melissa entgegen und führte sie an einen Tisch. Außer ihnen war sonst niemand im Lokal. Melissa brachte ihnen zwei Caipirinha und setzte sich zu ihnen. Nach kurzer Zeit kam noch eine weitere Frau an ihren Tisch, die sich als Eva vorstellte. Sie redeten und lachten, und jeder Beobachter musste den Eindruck gewinnen, dass sie alle ihren Spaß hatten. Eva stammte aus Pensa an der Wolga und war ebenfalls über eine sogenannte Modelagentur nach Amsterdam und dann in die Calypso Bar nach Egmond gelangt. Irgendwann stand Snijder auf und suchte den Weg zu den Toiletten auf. Dabei musste er an der Bar vorbei und lächelte dem Barkeeper zu, der seinen Gruß nicht erwiderte.

Im hinteren Bereich der Bar entdeckte er eine Treppe, die in eine untere Etage führte, und machte sich auf den Weg nach unten. Aus einem Raum unmittelbar hinter der Treppe hörte er Geräusche und schaute vorsichtig durch die halb geöffnete Tür. Na bitte, dachte er, genau so, wie wir es vermutet haben.

Ein Mann saß dort vor einer Reihe von Bildschirmen, und auf einem sah er den Kollegen Klok mit Eva und Melissa, die immer noch Spaß hatten. Auf einem anderen Bildschirm lief das Zimmerprogramm, in dem ein korpulenter Endsechziger sich auf einer rothaarigen Schönheit abmühte. Was Snijder allerdings weniger beunruhigte, als die Tatsache, dass der Mann, der die Monitore beobachtete, bewaffnet war. Schnell machte er sich auf den Rückweg zu seinem Tisch. Er teilte Klok seine Entdeckung mit.

Von Melissa erfuhren sie, dass sie und Eva momentan die einzigen Frauen aus Russland waren, die in dieser Bar arbeiten mussten. Vor kurzem sollte noch eine Frau hierher gebracht werden, doch dieser Frau war scheinbar die Flucht aus dem Auto gelungen. Snijder war sofort klar, um wen es sich handelte, denn man hatte ihn von den Ereignissen an der Oude Ijssel informiert.

„Wir müssen an die Hintermänner kommen“, meinte er zu Klok, der zustimmend nickte, dann aber nichts sagte, weil der Mann, der hinter der Bar gestanden hatte, auf ihren Tisch zukam.

„Seid ihr zum Quatschen hier, oder was?“ fuhr er die beiden Gäste an. „Oder sind euch die beiden Täubchen nicht gut genug?“

„Wir unterhalten uns prächtig“, erwiderte Snijder freundlich, aber das schien den Mann nicht zu überzeugen.

Eva und Melissa nickten zustimmend, aber Klok meinte doch Angst in ihren Augen zu entdecken.

„Bring uns doch einfach noch vier von diesen leckeren Cocktails, und dann ist gut, oder?“ Snijder schaute den Mann dabei leicht provozierend an. Wenn er Ärger wolle, könnte er ihn auch jetzt schon haben, denn Ärger würde er auf jeden Fall bekommen, nur das wusste er noch nicht.

Für einen Moment herrschte eisige Stille am Tisch, dann drehte der Mann ab und ging zur Bar zurück. Eva folgte ihm und kam mit neuen Cocktails zurück. Geht doch, dachte Snijder, warf dem Barmann einen Blick zu und sah, dass dieser zum Telefon gegriffen hatte. „Ich glaube, Kees, jetzt wird es gleich noch richtig interessant“, sagte er zu seinem Kollegen. Die beiden Frauen sahen sich an und schwiegen. „Alles wird gut“, prostete Snijder ihnen zu.

Keine fünf Minuten später betraten zwei Männer die Bar, von denen Snijder zumindest den einen kannte, denn dessen Foto hatte ihm Hauptkommissar Bitze aus Bottrop bereits am Vortag zukommen lassen. Es war eindeutig der Typ, der sich aus dem Ruhrgebiet Richtung Holland abgesetzt hatte. Die andere Person musste Anatoli Firsov sein, der die Bars und Klubs an der Küste leitete, so wie Tine es ihm erzählt hatte. Die beiden Männer warfen ihrem Tisch einen kurzen Blick zu und gingen dann zur Bar. Dort sprachen sie mit dem Barkeeper, der während des Gesprächs das ein oder andere Mal zu ihnen rüberzeigte. Nach kurzer Zeit verließen sie das Lokal Richtung Untergeschoss.

„Wahrscheinlich wollen sie uns von dort beobachten“, raunte Snijder seinem Kollegen zu.

„Wie willst du weiter vorgehen?“

„Ruhe bewahren, Sicherheit ausstrahlen“, bemühte Snijder einen Spruch, den er vom Kollegen Bitze übernommen hatte und äußerst originell fand.

Immerhin verstand Klok, was er meinte. Der Mann von der Bar kam erneut an ihren Tisch und forderte Eva und Melissa auf, ihn nach unten zu begleiten.

„Die beiden bleiben hier, und du gehst zurück und mixt Cocktails!“

Unmissverständlich und hart kam Snijders Antwort. Der Barkeeper schaute ihn mit zusammengekniffenen Augen an und baute sich vor ihm auf.

„Du hast doch gehört, was ich gesagt habe.“

Snijder war jetzt ebenfalls aufgestanden. So standen sie eine Zeitlang gegenüber. Kees Klok ließ den Mann nicht aus den Augen.

„Ich gebe euch jetzt genau fünf Minuten, und dann sind die beiden unten und ihr raus hier“, sagte der Barmann zu Wim Snijder.

„Gut“, antwortete der, „wir gehen, aber die beiden kommen mit.“

Bei diesen Worten nahm er Eva an der Hand, drehte sich um und ging zur Tür, Klok folgte ihm mit Melissa. Der Barmann wollte etwas erwidern, aber da hatten die vier schon den Ausgang erreicht, und bevor der verdutzte Barkeeper endgültig registrierte, was geschah, waren Snijder und Klok mit den Frauen draußen. Sofort liefen sie los und hatten gerade in Kloks Wagen Platz genommen, als die Tür der Bar aufsprang und drei Männer hinausstürmten.

„Runter!“ rief Klok, und alle vier duckten sich im Wagen.

Snijder nahm sein Handy, rief Piet Verhoeve in der Polizeiagentur an und orderte unverzüglich Verstärkung zur Calypso Bar. Vorsichtig lugte Klok aus dem Fenster und sah, dass die Männer langsam Richtung Parkplatz kamen. Er erkannte, dass alle bis auf einen Waffen trugen. Er tastete im Handschuhfach nach seiner Waffe.

„Bei drei setzt du dich hin und startest den Wagen“, raunte Snijder seinem Kollegen zu, als er meinte, die Sirene eines Fahrzeuges zu hören. Tatsächlich kamen die Wagen der Verstärkung schnell näher. „Eins, zwei, drei“, sagte Snijder, und im selben Moment startete Klok den Wagen. Das Auto schoss nach vorn und erwischte beinahe einen der drei Männer.

Dann ging alles sehr schnell. Drei Einsatzwagen schlossen die Männer ein, Snijder und Klok sprangen aus ihrem Fahrzeug und forderten die Männer auf, stehen zu bleiben und die Hände hochzunehmen. Aus dem anderen Polizeifahrzeugen sprangen Uniformierte heraus, die die Männer entwaffneten und ihnen Handschellen anlegten.

Drei weitere Uniformierte stürmten in die Bar und überwältigten den vierten Mann, der regungslos hinter seinem Tresen stand und von dem sie nicht wussten, ob er auch zu Firsovs Leuten gehörte. Nach zehn Minuten war der Spuk vorbei, und die Festgenommenen – es waren in der Tat Firsov, Wüllner, der sich seinen Aufenthalt in Holland sicherlich anders vorgestellt hatte, und zwei Handlanger des Netzwerks – waren auf dem Weg in die Polizeiagentur Egmond.

Eva und Melissa holten noch schnell ihre wenigen Habseligkeiten aus der Bar und wurden von Kriminalinspektor Snijder in eine vorläufige Unterkunft fernab der käuflichen Liebe gebracht.

Der Dicke kam aus der oberen Etage und suchte so schnell es ging das Weite, als er das Polizeiaufgebot sah.

Abschließend versiegelten sie noch die Tür der Bar, die sie am nächsten Tag genauer unter die Lupe nehmen wollten.

Der achte Tag

Bitze wachte mitten in der Nacht auf. Er brauchte einige Minuten, um sich zu orientieren, aber nach und nach kam ihm der vergangene Abend wieder in den Sinn. Vom Hotel aus waren sie noch bei Ellen Schrader vorbeigefahren, um einige Sachen zu holen, und wie selbstverständlich war sie dann mit zu ihm raus nach Kirchhellen gefahren.

Seine Mutter hatte keine Fragen gestellt, sondern ihnen ein leckeres Abendessen bereitet. Bitze hatte die Blicke bemerkt, die sie in Richtung Ellen Schrader schickte, aber es war ihm nicht gelungen, eine Reaktion zu erkennen. Gegen zehn Uhr hatte Ellen Schrader sich ins Schlafzimmer zurückgezogen, das Bitze ihr zur Verfügung gestellt hatte. Er selbst hatte sich die Kammer auf dem Dachboden zurechtgemacht. „Zunächst einmal“, wie er es seiner Mutter gegenüber gesagt hatte. Erst nachdem Ellen Schrader sich schlafen gelegt hatte, konnte seine Mutter es doch nicht lassen und fragte ihn nach Einzelheiten der letzten Tage und ob aus dem Aufenthalt der Staatsanwältin in seinem Haus etwas Längeres werden würde.

Sicherlich würde sie sich darüber freuen, wie sie ausdrücklich betonte, aber für ein paar Tage müsste er noch mit ihr das Haus teilen, und dann würden die Renovierungsarbeiten in ihrer Wohnung beendet sein.

Bitze sah darin kein Problem und erzählte seiner Mutter noch von den Ereignissen der letzten Tage. Kurz vor dem Schlafengehen hatte er nach den Pferden geschaut, die er in den letzten Tagen schon vermisst hatte. Er freute sich, sie friedlich und zufrieden im Stall stehen zu sehen.

Er dankte Grete in Gedanken noch einmal, dass sie die beiden stattlichen Kaltblüter vor dem Schlachthof bewahrt hatte. Ellen Schrader hatte sichtlich überrascht reagiert, als er ihr von den Pferden erzählt hatte, aber umso erfreuter war er gewesen, als sie ihm gestanden hatte, dass Pferde schon seit ihrer Jugend eine heimliche Leidenschaft waren. Sie freute sich schon darauf, die Tiere kennenzulernen. Bitze machte das Licht an und sah auf seine Uhr, es war genau drei. Er spürte immer noch diese innere Unruhe, stand auf und zog sich an.

Sein Entschluss, zum Hotel in die Stadt zu fahren, stand fest. Er überlegte, ob er Beckbach vorher anrufen sollte, ließ es dann aber sein. Leise ging er durchs Haus, in dem kein Laut zu hören war.

„Bin kurz in die Stadt. Mach dir keine Sorgen. Kuss, U“, schrieb er auf einen Zettel und legte ihn auf den kleinen Tisch seines Schlafzimmers. Dabei beobachtete er Ellen Schrader, die tief in seinem Bett schlief, und küsste sie sanft auf die Wange.

„Schön, dass du da bist“, hauchte er ihr zu und verließ leise das Zimmer. Dann nahm er den Schlüssel seines alten Peugeots, und bei den Klängen von „School“ verließ er den Hof. Die Straßen waren wie ausgestorben, und in kürzester Zeit erreichte er Bottrop.

Als er in die Gladbecker Straße einbog, fiel ihm ein silbergrauer Audi auf, der ihm entgegenkam. Ausgerechnet um diese Zeit fuhr der Wagen auch Richtung Brauhaus-Hotel? In Bitze schrillten die Alarmglocken. Er stoppte seinen Peugeot einige Meter vor dem Hotel und meinte, drei Männer in dem anderen Fahrzeug erkennen zu können. Sofort wählte er Beckbachs Handynummer.

„Hör zu, Becki, und frag nicht viel. Bringt euch sofort in Sicherheit. Ich glaube, ihr bekommt Besuch. Sollte dieser Harry Klein sein Zimmer verlassen, müsst ihr ihn abfangen. Nimm ihn meinetwegen vorläufig fest, und sperr ihn auf ein Zimmer."

Als Nächstes notierte Bitze sich das Kennzeichen und beobachtete weiter den Wagen, der vor dem Eingang des Hotels angehalten hatte. Er war sicher, dass es sich um dieselben Typen handelte, von denen sie am Möbelhaus ausgetrickst worden waren und die wahrscheinlich etwas mit dem Brand der Doubeckschen Villa und dem Tod der jungen Frau zu tun hatten. Wollten sie sich etwa die Frauen mit Gewalt zurückholen? In diesem Augenblick ging in einem der Hotelzimmer Licht an. Bitzes Anspannung stieg, und er spürte sein Herz bis zum Hals klopfen.

„Es tut sich was", raunte er Beckbach ins Telefon, „schnappt euch auf jeden Fall den Kerl, am besten sofort." Beckbach legte auf, und Bitze beobachtete das Hotel und die Männer im Wagen.

Dann ging das Licht in dem Hotelzimmer aus, und Beckbach meldete sich auf dem Handy.

„Wir haben ihn entwaffnet und Handschellen angelegt. Leider spreche ich seine Sprache nicht. Ich kann nicht verstehen, was er sagt."

„Er soll den Mund halten", sagte Bitze und bemerkte, wie die Beifahrertür des Audis geöffnet wurde und ein Mann mit einem Koffer ausstieg, zur Eingangstür und stellte den Koffer dort ab. „Scheiße", entfuhr es Bitze, als der Audi startete und mit quietschenden Reifen davonraste.

„Ich glaube, die haben uns eine Bombe vor die Tür gestellt. Becki, ihr müsst den Laden räumen, aber so unauffällig wie möglich. Ich kümmere mich um Verstärkung."

Bitzes Gedanken rasten. Was, wenn das Teil im nächsten Moment hochging? Blieb ihnen überhaupt noch Zeit, oder wollte man sie nur täuschen? Darauf wollte er es nicht ankommen lassen und wählte die Nummer des LKA in Düsseldorf, denn er wusste, dass für solche Fälle selbst die Behörde in Recklinghausen unter Kahr-Nickel nicht eingestellt war.

Man versprach ihm, sofort ein Team auf den Weg zu schicken und gab ihm die Anweisung, bis dahin nicht eigenmächtig zu handeln, sondern den Ort großräumig abzuriegeln und wenn möglich, umliegende Häuser zu evakuieren. Er informierte Ellen Schrader, die gerade seinen Zettel gefunden hatte. Sie wollte versuchen, mit einem Taxi in die Stadt zu kommen, aber Bitze hielt es für zu gefährlich. Er bat sie, von Kirchhellen aus Verstärkung zu ordern, die bei der Abriegelung des Ortes helfen könnte. Schon nach kurzer Zeit kamen auch erste Streifenwagen aus Gladbeck und Dorsten vor dem Hotel an, und die Beamten machten sich daran, die Bewohner der angrenzenden Häuser nötigenfalls zu evakuieren. Bitze erkannte auch den Reporter des lokalen Rundfunksenders, der versuchte, zu ihm vorzudringen, aber von Streifenbeamten am Weitergehen gehindert wurde. Beckbach meldete sich und teilte ihm mit, dass alle Hotelbesucher, inklusive der russischen Frauen, durch den Hintereingang das Haus verlassen hatten und im Hotel Alter Giebel untergebracht würden.

Der Mitverdächtige wurde von einer Streife zunächst ins Revier nach Boy gebracht, wo man ihn später verhören könnte. Der Platz vor dem Hotel war jetzt komplett von Uniformierten abgeriegelt, und die Eingangstür, vor der immer noch der Koffer stand, wurde von einem Scheinwerfer in gleißendes Licht getaucht.

Nach einer halben Stunde, die Bitze wie eine Ewigkeit vorkam, kamen die Sprengstoffexperten aus Düsseldorf an und hielten mit ihrem weißen Transportwagen unmittelbar vor der Tür. Sie öffneten die hintere Tür, und ein kleiner Roboter mit einem langen Greifarm tastete sich behutsam Richtung Koffer, und Bitze konnte aus der Entfernung sehen, wie die Beamten im weißen Wagen die Signale auffingen und auswerteten. Nach kurzer Zeit setzte sich der Roboter wieder in Bewegung und stand schließlich dicht vor dem schwarzen Koffer. Bitze erschrak, als ein unglaublicher Wasserstrahl peitschend aus dem Roboter herausschoss und den Koffer in Bruchteilen von Sekunden zerfetzte. Wie Bitze später erfuhr, hörte dieser

Roboter auf den Namen Teodor, was für Telerob Explosive Ordnance Disposal and Observation Robot stand und so viel bedeutete wie Kampfmittelbeseitigungs- und Beobachtungsroboter – ein sogenannter Fernlenkmanipulator. Teodor bewegte sich auf Ketten und hat einen Greifarm, der dem Arm eines Menschen nachempfunden war. Äußerlich erinnerte er den Hauptkommissar an den Roboter aus dem 80er-Jahre-Streifen „Nummer 5 lebt". Über Joysticks und Monitor – Teodor hatte fünf Kameras – steuerten die Beamten den mechanischen Kollegen Richtung Koffer. In seiner Hand trug Teodor ein sogenanntes Wassergewehr, mit dem, und das hatte der erschrockene Hauptkommissar beobachtet, die Experten schließlich die Bombe, die sich tatsächlich in dem Koffer befand, entschärft hatten.

Als endlich das Signal zur Entwarnung gegeben worden war, ließ es Bitze sich nicht nehmen, sich von den Kollegen des LKA erklären zu lassen, wie Teodor mit seinem Wassergewehr die Kofferbombe entschärft hatte. Er bekam interessante Erklärung: Teodor schoss etwa 400 Milliliter Wasser mit dem kaum vorstellbaren Druck von 1.500 bar auf den Koffer, so dass es den Koffer und den Inhalt in Sekundenbruchteilen zerriss, so schnell, dass Mechanik und Elektrik des Zünders zerstört wurden, bevor die Bombe hochgehen konnte.

Die Beamten des LKA machten sich dann noch daran, alle übriggebliebenen Teile des Koffers fein säuberlich einzusammeln und zu sichern, während Bitze Ellen Schrader anrief, um sie über den glücklichen Ausgang der Aktion in Kenntnis zu setzen.

„Ich denke mal, da haben wir Dusel gehabt", meinte er und stellte sich für einen Moment vor, was alles hätte passieren können, wenn er nicht von seiner inneren Unruhe geweckt worden wäre.

Mittlerweile war es sechs Uhr geworden, und Bitze beschloss, zunächst nach Kirchhellen zurückzufahren, um dann später gemeinsam mit Ellen Schrader die Ereignisse in der Dienststelle aufzuarbeiten. Er meldete sich noch kurz bei Beckbach, der zunächst im Alten Giebel bleiben wollte, um dann im Verlauf des Vormittags in die

Dienststelle zu kommen. Bitze war fertig wie ein Brot, als er um halb sieben seinen Hof erreichte.

Bottrop, Aspelstraße, am Vormittag

Köhne saß in seinem Wohnzimmer und starrte auf den halbverkohlten Damenschuh. Tränen liefen ihm über die Wangen. Er dachte an Raisa. Er hätte sie so gerne noch einmal gesehen, doch die Beamten hatten es nicht zugelassen. Es wäre auch sicherlich kein schöner Anblick gewesen. Hätte ich doch wenigstens ein Foto von ihr, dachte er. Schritt für Schritt wurde die Erinnerung in ihm wieder wach, an ihr Gesicht, ihr Lachen, ihre Zärtlichkeit und ihre Ängste. Ja, vor allem ihre Ängste. Und Köhne hörte wieder ihre Worte über die Männer in den diversen Nachtklubs der Stadt, der Bodega Bar und dem Poco Loco. Einer davon war Jo Wüllner, der sich gern mit ihrer Anwesenheit geschmückt hatte und der doch keine Skrupel kannte und üble Geschäfte mit russischen Partnern durchzog. Geschäfte mit Frauen, die zur käuflichen Liebe gezwungen wurden und keine Chance hatten, auszubrechen. Raisa hatte es versucht und war am Ende doch gescheitert. Köhne wusste von ihr, dass auch der Mord an den Zeitungsredakteur Kemmerling auf das Konto dieser Leute ging. Raisa hatte ihm in Holland erzählt, dass der Reporter mit Details an die Öffentlichkeit gehen wollte und Geldforderungen gestellt hatte, wenn die Geschichte nicht veröffentlicht werden sollte.

Mit jedem Gedanken wuchs sein Hass, und obwohl seine innere Stimme ihn warnte, zog er sich seinen Mantel an und fuhr Richtung Bodega Bar. Dort war alles ruhig, kein einziges Fahrzeug stand auf dem Parkplatz.

Er würde warten, denn er wollte die Männer sehen, die seine große Liebe auf dem Gewissen hatten. Seine Wunden schmerzten immer noch, doch er spürte es kaum, denn seine Stunde der Abrechnung rückte näher, und niemand würde ihn aufhalten. Er hatte seiner Mutter einen Brief geschrieben, in dem alles stand, was sie wissen musste, falls ihm etwas passieren sollte, und wenn seine Mutter den

Brief bekommen würde, wäre das alles hier vorbei und er mit sich und Raisa im Reinen.

Ihm war klar, dass es eine lange Wartezeit werden würde. Aber das war ihm egal, irgendwann würde jemand kommen, und das wäre seine Stunde.

Politiebureau Egmond aan Zee

Seit den frühen Morgenstunden hatten Kriminalinspektor Wim Snijder und sein Kollege Kees Klok die Männer im Verhör, die sie am Vorabend vor der Calypso Bar festgenommen hatten. Keiner der Angeschuldigten sagte ein Wort, und alle forderten die Bereitstellung eines Anwalts ihres Vertrauens. Klok zweifelte schon daran, ob ihre Vorgehensweise die richtige war, aber Snijder war überzeugt davon, vor allem nach den Erzählungen der beiden Frauen und den Beobachtungen in der Bar, dass diese Männer zum Netzwerk der illegalen Prostitution gehörten. Einer war augenscheinlich Firsov, und der andere musste Wüllner aus Bottrop sein, den sie ja seit seiner Einreise aus Deutschland observiert hatten und von dem ihm sein Kollege Bitze einiges berichtet hatte. „Wir halten sie auf jeden Fall fest, bis ein Anwalt kommt, und dann müssen wir weitersehen“, meinte er zu Klok. „Wir werden uns den Laden noch mal genauer ansehen und auch die beiden Frauen noch einmal befragen. Ihre Aussagen belasten vor allem den Russen erheblich. Fahr du schon mal zu ihnen und nimm ihre Aussagen zu Protokoll. Wir treffen uns dann an der Bar. Ich werde mir vorher noch einmal den Mann aus Bottrop vornehmen, der macht einen viel nervöseren und verunsicherten Eindruck und hat sich das hier so sicherlich nicht vorgestellt.“

„Gern“, erwiderte Klok mit einem Lächeln auf den Lippen und machte sich auf den Weg.

Snijder holte sich Wüllner in den kleinen Besprechungsraum und schaute ihn lange an. „Es ist doch wirklich äußerst schade, wenn ein schönes Anwesen bis auf die Grundmauern abbrennt. Schon über eine neue Wohnstätte nachgedacht?“

Wüllner schaute den Holländer teilnahmslos an, schien aber das Gefühl zu haben, dass etwas geschehen war, von dem er nichts wusste. Von Dudenhofen würde ihn aber bestimmt darüber aufklären.

Snijder blickte seinem Gegenüber in die Augen und wählte eine Nummer, dabei stellte er das Telefon auf Mithören. „Polizei Bottrop“, meldete sich eine weibliche Stimme, „was kann ich für Sie tun?“

Snijder fragte nach Hauptkommissar Bitze und erfuhr, dass sein deutscher Kollege noch nicht im Hause war. Er bedankte sich und wollte es später noch einmal versuchen.

Wüllner hatte für einen kurzen Augenblick seinen teilnahmslosen Gesichtsausdruck verloren, als er „Bottrop“ hörte. Snijder hatte die Veränderung bemerkt und hakte nach: „Haben Sie nicht eine große luxuriöse Villa am Rande der Sterkrader Heide?“

„Ist das was Verbotenes?“ konterte Wüllner.

„Natürlich nicht.“ Snijder blieb sachlich und ruhig. „Wenn meine Informationen allerdings stimmen, dann ist Ihre schöne Villa in der letzten Nacht bis auf die Grundmauern niedergebrannt, und in den Resten des Hauses wurde eine verkohlte Frauenleiche gefunden.“

Wüllners Gesichtsfarbe veränderte sich schlagartig. Er meinte vom Stuhl zu fallen. Das ist ein billiger Bluff, dachte er, aber woher wusste der Holländer, dass sein Haus in der Sterkrader Heide war? Noch erschreckender aber war der Gedanke, dass die Tote, die dort gefunden worden war, ja nur Raisa sein konnte, denn die hatte er bewusstlos im Haus zurückgelassen.

Seine Gedanken überschlugen sich. Hatte Robotnikov etwa so auf seine Hollandflucht reagiert? Er wollte nicht weiter darüber nachdenken. Der Inspektor saß ihm abwartend gegenüber.

Wüllner wurde erneut bewusst, dass er es diesmal mit einem Gegner zu tun gehabt hatte, dem er nicht gewachsen war. Robotnikov hatte mit ihm abgeschlossen. Solange der Russe in Bottrop saß, würde es für ihn kein Zurück geben. Seine letzte Hoffnung blieb von Dudenhofen. Der Anwalt hatte ihm immer geholfen, und er hatte auf diesem Wege von Dudenhofen zu einem gemachten Mann gemacht. Von Dudenhofen würde sicherlich Genaueres über die Ereignisse in Bottrop wissen und dann gemeinsam über ihr weiteres Vorgehen nachdenken.

Die Tür wurde geöffnet, und ein Beamter reichte Inspektor Snijder ein Blatt Papier. Snijder warf einen Blick darauf und reichte es Wüllner. „Anwaltskanzlei von Dudenhofen und Kollegen“ stand auf dem Briefkopf. Wüllner las, und glaubte seinen Augen nicht zu trauen. „Bin zu beschäftigt und kann nicht kommen. Ich kenne da einen niederländischen Kollegen in Maastricht, vielleicht sollte ich den mal anrufen ...“

„Diese miese kleine Ratte!“ Wüllner knüllte das Schreiben zusammen und warf es in die Ecke des Raumes.

„Schlechte Nachrichten?“ Snijder fragte nach und konnte sich ein leichtes Grinsen nicht verkneifen.

Er beugte sich zu Wüllner nach vorn und ging in die Offensive: „Villa abgebrannt, Geliebte tot, Anwalt abtrünnig – da steht man ziemlich allein da, und hier ist weit und breit auch niemand in Sicht, der Ihnen helfen könnte. Also, was wollen Sie mir sagen?“

Wüllner zögerte einen Moment, dann fing er an zu erzählen, von Robotnikov und seinen Geldforderungen, von den Geschäften mit den russischen Frauen, in die er eingestiegen war und die er dann in Bottrop ausgebaut hatte, von den Morden an einer der Frauen und dem Reporter aus Bottrop, der zu viele Fragen und unverschämte Forderungen gestellt hatte.

Er hatte von alledem gewusst, aber es so eigentlich nicht gewollt. Er hatte hoch gepokert und alles verloren, aber jetzt wollte er es Robotnikov heimzahlen. Der Russe sollte nicht ungeschoren davonkommen. Deshalb packte er aus und ließ keine Einzelheiten offen. Nach fast zwei Stunden schaltete Snijder das Aufnahmegerät aus und wusste, dass sie der Lösung der Fälle sehr nah waren. Er griff zum Telefon und wählte erneut Bitzes Nummer in Bottrop.

Bottrop am Morgen

Bitze hatte es tatsächlich geschafft, noch einmal einzuschlafen. Nach seiner Rückkehr hatte er Ellen Schrader zunächst noch einmal von den Ereignissen der Nacht berichtet, kurz nach den Pferden geschaut und sich dann in sein Zimmer auf dem Dachboden zurückgezogen.

Gegen neun weckte Ellen Schrader ihn. Sie küsste ihn zärtlich auf die Wange, und er überlegte, wann er das letzte Mal ein solches Wohlbehagen gespürt hatte.

„Der Kaffee ist fertig."

Es musste ja nicht immer ein Supertramp-Song sein. Das Frühstück war gut, Bitzes Stimmung auch. Einen Bombenanschlag vereitelt, der Lösung des Falles wieder ein Stück näher gekommen, und die Frau seines Lebens an seiner Seite. Ellen Schrader hatte inzwischen in Erfahrung gebracht, dass das Auto, mit dem die Männer in der Nacht vor dem Brauhaus-Hotel vorgefahren waren, auf Wüllners Anwalt von Dudenhofen gemeldet war.

„Von Dudenhofen. Wir sollten uns heute mal um ihn kümmern."

Bitze schaute aus dem Fenster und sah, dass die beiden Pferde schon auf der Weide waren. Fragend sah er seine Mutter an, die mit dem Kopf Richtung Ellen Schrader zeigte. Sie bemerkte ihren Blick.

„Das sind wirklich prächtige Tiere", sagte sie, „du überrascht mich immer wieder aufs Neue."

„Das soll auch so bleiben", antwortete Bitze mit einem Lächeln.

Kurz vor zehn kamen sie im Dienstgebäude an. Lilo Ruppert erwartete sie bereits. „Der Kollege aus Holland hat schon mehrfach versucht, dich zu erreichen", rief sie Bitze zu, der es mit einem Kopfnicken registrierte.

Beckbach saß in Bitzes Büro und sah ziemlich übernächtigt aus. Gemeinsam fassten sie noch einmal die Ereignisse der Nacht zusammen. Beckbach berichtete, dass der Mann, der sich im Hotel als Harry Klein angemeldet hatte, bislang jede Aussage verweigerte. Sie hatten ihn wegen unerlaubten Waffenbesitzes und Mordverdachts an dem Reporter Bruno Kemmerling vorläufig festgenommen. Ihnen war klar, dass die Männer im Auto und der Festgenommene Komplizen waren.

Anscheinend sollte er die Männer ins Hotel lassen, und als es dazu nicht mehr kommen konnte, hatten sie zur Kofferbombe gegriffen. Vielleicht hatten sie den Koffer aber auch mitgebracht, um am Ende der Aktion alle Spuren zu beseitigen, so wie sie es wahrscheinlich auch mit Wüllners Villa gemacht hatten, denn für Bitze stand fest, dass es hier einen direkten Zusammenhang gab.

Ellen Schrader war davon überzeugt, dass die ganze Aktion anders abgelaufen wäre, wenn Bitze nicht vor dem Hotel aufgetaucht wäre. „Es ging mit Sicherheit darum, die Frauen herauszuholen", erläuterte sie, „und dabei sollte der Mann im Hotel den anderen den Weg zu den Räumen zeigen. Wenn wir die Brutalität zugrunde legen, die diese Leute bisher gezeigt haben, hätten sie sich den Weg mit Sicherheit freigeschossen."

„Du hast recht", meinte Bitze, „und als sie merkten, dass dieser Plan so nicht mehr durchzuführen war, griffen sie zum Koffer, um alle Zeugen auf einen Schlag zu beseitigen. Unvorstellbar, wie skrupellos diese Leute vorgehen. Aber welche Rolle spielt von Dudenhofen?"

„Genau das müssen wir rausfinden, so schnell wie möglich."

Ellen Schrader stand auf und holte ihren Mantel. Beckbach sollte sich in der Zwischenzeit noch einmal mit dem Festgenommenen beschäftigen. Vielleicht konnte er ihn ja doch etwas weich klopfen. In diesem Moment ging das Telefon. Wim Snijder freute sich, Bitze endlich zu erreichen und klärte ihn über alle Entwicklungen in Holland in den letzten achtundvierzig Stunden auf. Bitze lächelte zufrieden und bedankte sich beim Kollegen aus dem Nachbarland.

„Gute Nachrichten?" fragte Ellen Schrader.

„Und ob", antwortete Bitze, „komm, ich erzähle es dir auf dem Weg zu von Dudenhofen."

Als sie im Wagen saßen, lief immer noch die Kassette von Supertramp. Zu Bitzes großem Erstaunen verriet ihm Ellen Schrader, dass ihr Lieblingssong „Free as a Bird" war.

„Für eine Staatsanwältin sicherlich nachvollziehbar", meinte Bitze mit einem Lächeln auf den Lippen, woraufhin er von ihr einen zärtlichen Knuff in die Seite bekam. Für ihn war es seinerzeit schon hart gewesen, als Roger Hodgson die Gruppe verlassen hatte, und es hatte einige Zeit gedauert, bis er sich daran gewöhnt hatte. Den Songs, die danach entstanden waren, hatte er zunächst wenig Bedeutung geschenkt, so auch ihrem Lieblingslied, aber heute war er schon froh, dass Rick Davies die Band am Leben gehalten hatte. Sollte die Gruppe demnächst mal wieder auf Tour gehen, würde er sie zum Konzert einladen. „Dann werde ich ganz laut ‚Free as a Bird' fordern", versprach er ihr.

„Was waren denn eigentlich die guten Nachrichten aus Holland?" unterbrach sie ihr Musikgespräch.

„Wüllner ist zusammengebrochen und hat alles gestanden." Bei diesen Worten dachte er unwillkürlich an die letzten Jahre, in denen gerade Wüllner ihn das ein oder andere Mal ausgetrickst hatte. Er hatte es eigentlich immer gewusst, dass sich hinter der Maske des Ehrenmannes ein ganz anderes, verbrecherisches Gesicht versteckt hatte. Aber damit war es jetzt vorbei, und sie waren am Zug.

„Mal sehen, was von Dudenhofen darauf zu sagen hat."

Mittlerweile hatten sie den Stadtrand Oberhausens erreicht. Von Dudenhofens Kanzlei lag in der Stadtmitte.

„Wir können am Polizeipräsidium parken und dann zu Fuß in die City gehen", schlug Ellen Schrader vor.

Bitze war einverstanden. Auf dem Weg dorthin hakte Ellen Schrader sich wie selbstverständlich bei ihm ein, und er genoss es. Es tat gut, ihre Nähe zu spüren, und es gab ihm ein Gefühl der Sicherheit und Stärke. Schließlich standen sie vor dem Kanzleigebäude. „Anwaltspraxis Von Dudenhofen und Partner – Sprechstunden nach Vereinbarung" stand auf dem Schild an der Hauswand. Die Eingangstür war verschlossen. Bitze drückte auf den Klingelknopf.

„Ja, bitte?" hörten sie eine weibliche Stimme. „Was kann ich für Sie tun?"

„Mein Name ist Henning Schlötzke, meine Frau und ich möchten bitte Herrn von Dudenhofen sprechen, es geht um eine Familienangelegenheit.“

Bitze zwinkerte ihr zu, und sie verstand sofort, was er bezweckte. Es knackte leicht, und die Tür öffnete sich. Die Kanzlei lag im ersten Stock, und die Dame im Vorzimmer wies sie darauf hin, dass Herr von Dudenhofen momentan ein Telefonat führe, danach aber kurz – und sie legte die Betonung auf „kurz“ – zu sprechen sei.

Das wollen wir doch mal sehen, dachte Bitze, und er nahm mit Ellen Schrader im Vorzimmer Platz. Nach wenigen Minuten ging die Tür zu von Dudenhofens Büro auf, und er bat die Besucher herein. Sie nahmen vor dem großen Schreibtisch Platz und warteten ab, da von Dudenhofen noch eifrig Notizen auf einen Zettel schrieb.

„Was kann ich für Sie tun, Herr ...“ Er stockte mitten im Satz, denn er erkannte sowohl den Hauptkommissar als auch die Staatsanwältin.

„Wie geht es eigentlich unserem gemeinsamen Freund Jo Wüllner?“ eröffnete Bitze das Gespräch und beobachtete jede Regung seines Gegenübers.

„Was habe ich mit Wüllner zu tun?“ versuchte von Dudenhofen zu kontern, aber Bitze und Ellen Schrader quittierten dies mit einem belustigten Lachen.

„Hören Sie auf, von Dudenhofen“, schaltete sich Ellen Schrader ein. „Sie und wir wissen doch genau, wie oft Sie Wüllner aus der Patsche geholfen haben, und ich möchte nicht wissen, wie viel Geld bei diesen Aktionen auf Ihr Konto gewandert ist. Wäre doch auch für Sie ein großes Problem, wenn diese Geldquelle versiegen würde?“

Von Dudenhofen blickte nervös von einem zum anderen, sagte aber nichts.

„Oder hat sich da etwa eine neue Geldquelle aufgetan?“ hakte Bitze nach. „Russische Gasanbieter sollen ja nicht nur mittelklassige Fußballklubs sponsern.“

„Ich weiß nicht, wovon Sie reden.“ Von Dudenhofen versuchte auszuweichen.

„Schwachsinn.“ Ellen Schraders Stimme wurde lauter. „Wie kommt es dann, dass drei Männer aus eben diesem Land ein Auto mit gefährlicher Ladung durch Bottrop kutschieren, das auf ihrem Namen angemeldet ist?“ Ellen Schrader sah an der Reaktion in von Dudenhofens Gesicht, dass diese Ansage Wirkung zeigte. Er weitete seinen Krawattenknoten und öffnete den obersten Hemdknopf. „Hören Sie“, Ellen Schrader beugte sich ein wenig nach vorn, „wir lassen uns hier nicht länger verscheißern, entweder Sie sagen uns jetzt alles, was Sie wissen, oder wir nehmen Sie mit ins Präsidium, als Tatbeteiligten sozusagen.“

„Noch etwas.“ Auch Bitze war jetzt näher an den Anwalt herangerückt. „Ihr ehemaliger Spezi Wüllner ist Ihnen da schon einen Schritt voraus. Er sitzt bereits in einer holländischen Zelle und hat alles gestanden.“

„Lügen, nichts als Lügen!“ Von Dudenhofen verlor zum ersten Mal die Fassung und schrie die beiden an. „Ich glaube Ihnen kein Wort, und wenn schon, ich habe mit allem nichts zu tun! Und überhaupt, Sie können mir gar nichts!“

Von Dudenhofen lehnte sich, scheinbar wieder gelassener, in seinen Sessel zurück. Für einen Moment herrschte Schweigen im Raum. Dann drückte von Dudenhofen den Knopf seiner Gegensprechanlage. „Frau Körner, schauen Sie doch bitte einmal nach, wann wir meinen Audi als gestohlen gemeldet haben, danke.“ Er schaute Bitze und Ellen Schrader mit einem arroganten Grinsen an und meinte: „Anstatt mir hier mit haltlosen Verdächtigungen zu kommen, sollten Sie lieber dafür sorgen, dass ich mein Fahrzeug wiederbekomme.“

Bitze meinte, einen Ausdruck des Triumphes im Gesicht des Anwalts zu erkennen.

„Wir gehen.“ Ellen Schrader stand auf. Bitze schaute sie zweifelnd an, erhob sich aber auch von seinem Platz.

Von Dudenhofen grinste breit, jetzt wieder völlig selbstsicher wirkend, und meinte: „Es war mir ein Vergnügen.“

„Das werden wir noch sehen“, zischte Ellen Schrader Bitze zu.

„Warum hast du so schnell aufgegeben?“ fragte er sie, als sie wieder auf der Straße waren.

„Ich gebe nicht auf, ich ändere nur die Taktik“, sagte sie und gab ihm einen Kuss auf die Wange. „Ich wette mit dir, dass von Dudenhofen total unter Druck ist und etwas unternehmen wird. Genau dann müssen wir da sein. Deshalb sollten wir ihn heute auch nicht aus den Augen lassen. “

Sie beschlossen, zunächst abzuwarten, was von Dudenhofen als Nächstes tun würde. Bitze beeilte sich den Wagen vom Parkplatz des Polizeipräsidiums zu holen, während Ellen Schrader in der Nähe der Kanzlei blieb. Nach wenigen Minuten kam er zurück.

„Der Fuchs ist noch in seinem Bau“, sagte Ellen Schrader, als sie sich zu ihm in den Wagen setzte.

„Ich bin sicher, dass von Dudenhofen noch etwas aus dem Ärmel zaubern wird, wobei ich ihm sogar glaube, dass er den Wagen als gestohlen gemeldet hat. Soviel Überlegung traue ich ihm zu. Er hat ja in der Vergangenheit des Öfteren gezeigt, dass er sein Handwerk versteht.“

Ellen Schrader wusste zu gut, wovon sie sprach, hatte sie doch oft genug mit ihm zu tun gehabt. Erst vor kurzem hatte sie ein schlimmer Albtraum geplagt, in dem von Dudenhofen vorkam und, bei diesem Gedanken musste sie lächeln.

„Woran denkst du?“ Bitze hatte ihr Lächeln bemerkt.

„Ich habe gerade darüber nachgedacht, wie oft von Dudenhofen sich in der Vergangenheit über uns lustig gemacht hat. Deshalb werde ich alles daran setzen, ihn diesmal nicht ungeschoren davonkommen zu lassen, denn nach allem, was wir von den holländischen Kollegen wissen, hat Wüllner ihn auf jeden Fall schwer belastet. Aber ich vermute, dass er der Weg zu den Drahtziehern dieser miesen Geschäfte hier in Bottrop und vermutlich auch unmittelbar beteiligt ist.“

In diesem Augenblick klopfte es an der Scheibe zur Beifahrertür, und Ellen Schrader blickte in das Gesicht eines Streifenbeamten, der sie freundlich aber bestimmt aufforderte, das Fenster zu öffnen.

„Na, ihr Turteltäubchen, wohl gar nicht bemerkt, dass ihr in einer verkehrsberuhigten Zone steht und nicht auf einer einsamen Waldlichtung?“ meinte er grinsend.

„Waldlichtung wäre nicht schlecht“, konterte Bitze und zeigte seinen Dienstausweis, „aber da gibt es im Haus gegenüber jemanden, der etwas dagegen hat, und auf den warten wir hier.“

Der Uniformierte errötete und entschuldigte sich. Ellen Schrader wollte noch etwas erwidern, aber da ging die Tür des Hauses auf, und von Dudenhofen kam heraus.

„Okay, wir müssen“, sagte Bitze. Der Beamte verstand sofort und ging auf Abstand. Von Dudenhofen schaute sich nach allen Seiten um und wandte sich Richtung S-Bahn-Station am Ende der Fußgängerzone. Bitze wendete langsam den Wagen und folgte ihm in größerem Abstand.

Am späten Nachmittag vor der Bodega Bar

Köhne wusste nicht, wie lange er schon vor der Bar wartete, waren es zwei, drei oder vier Stunden? Es war ihm auch völlig egal. Langsam kroch ein Hungergefühl in ihm hoch, aber er musste hier bleiben und warten, das war er Raisa schuldig. Raisa ... Er dachte an die gemeinsamen Tage in Bergen, in der kleinen Strandbar. Sie war ihm so nah gewesen. Bei diesem Gedanken fühlte er wiederum eine warme Welle durch seinen Körper gehen.

In jenen Tagen hatte er das Gefühl gehabt, ihr Glück würde unendlich sein. Raisa hatte ihm alles gegeben, was er seit Jahren vermisst hatte. Und doch war sie ganz anders als seine Ex-Freundin gewesen, gefühlvoller, einfühlsamer und zerbrechlicher. Aber er hatte es nicht geschafft. Er hatte sie verloren.

Wieder liefen ihm Tränen übers Gesicht, und mit den Tränen kam die Wut. Er würde es den Mördern heimzahlen. Dafür wartete er seit Stunden auf diesem öden Parkplatz vor dieser elenden Bar, und er würde warten, bis die Stunde seiner Rache gekommen war, koste es, was es wolle. Langsam wurde es dunkel, und er sah auf seine Uhr. Gleich halb sieben. Die Lokalnachrichten des örtlichen Rundfunksenders meldeten, dass es der holländischen Polizei gelungen war, einen illegalen Prostitutionsring im Norden des Landes zu sprengen und dass es in diesem Zusammenhang auch zur Festnahme des bekannten Bottroper Immobilienmaklers Wüllner gekommen war. Weitere Einzelheiten waren noch nicht bekannt.

Köhne drehte das Radio leiser und spürte ein leises Gefühl der Zufriedenheit. Wenigstens Wüllner hatte es schon mal erwischt, wenngleich er sich nicht sicher war, ob es dem Grundstückshai nicht doch gelingen würde, sich einer weiteren Strafverfolgung zu entziehen.

Meiner Strafverfolgung wird sich keiner entziehen, dachte er grimmig und drehte das Radio wieder etwas lauter.

Bottrop, gegen Abend

Auch Bitze und Ellen Schrader hatten die Lokalnachrichten gehört. „Schon erstaunlich, wie sie an die Meldung gekommen sind, aber auch Bruno hatte immer seine Quellen, von denen ich oft nichts wusste", sagte Bitze schließlich.

Seit zwei Stunden hatten sie von Dudenhofen nun schon im Visier. Der Anwalt war nach Verlassen seiner Kanzlei zunächst zu Fuß Richtung Stadtpark gegangen, und es war recht schwierig gewesen, ihm zu folgen.

Aber Bitze war es gelungen, ohne dass von Dudenhofen etwas bemerkt hatte. Vielleicht lag es auch an seinem alten, unauffälligen Peugeot, und wieder einmal freute er sich, dass er zu Beginn seiner Tätigkeit in der SOKO „Revierpate" darauf bestanden hatte, seinen eigenen Wagen an Stelle eines Dienstfahrzeuges benutzen zu dürfen. Er musste lächeln, als er daran dachte, dass es vor allem Ellen Schrader gewesen war, die sich wiederholt gegen dieses eigensinnige Vorgehen gewehrt hatte. Bitze erinnerte sich genau an seinen ersten Tag in der Dienstselle in Bottrop, als die Kreispolizeibehörde in Recklinghausen beschlossen hatte, die Sonderkommission gegen dubiosen Geschäfte einiger Makler und Unternehmer, allen voran Josef Wüllner, in Bottrop einzurichten, mit Hauptkommissar Bitze als Leiter und der jungen, aufstrebenden Staatsanwältin als unmittelbare Dienstvorgesetzte. Die Rivalität zwischen SO4 und dem BVB war nichts gegen ihre Auseinandersetzungen. Vor allem die erste Zeit war so von Anfeindungen und Misstrauen geprägt, dass es beinahe zu einer Auflösung der SOKO gekommen wäre. Aber Bitze und seine Leute hatten die Sache relativ gut in den Griff bekommen.

Von Dudenhofen hatte seinen Wagen am Rande des Stadtparks abgestellt. Es war nicht der Audi, den die Männer vor dem Hotel benutzt hatten, sondern ein schwarzer BMW.

Der Anwalt fuhr zunächst stadtauswärts Richtung Autobahn, und Bitze glaubte für einen Moment, er würde womöglich nach Holland fahren, um Wüllner zu unterstützen, aber dann ging es Richtung Oberhausen, und Bitze erinnerte sich, dass von Dudenhofen in Oberhausen zu Hause war.

„Scheinbar will er erst mal nach Hause“, meinte er zu Ellen Schrader, die für einen Moment die Augen geschlossen hatte. Er verspürte den unbändigen Wunsch, sie zu küssen.

Als hätte sie es gespürt, schlug sie die Augen auf und lächelte ihn an. „Ich habe gerade über unsere erste Begegnung nachgedacht“, sagte sie lächelnd.

Bitze lachte laut auf.

„Warum lachst du?“

„Weil ich auch darüber nachgedacht habe, wie schwer es für mich damals war, den Peugeot im Dienst benutzen zu dürfen, und jetzt sitzt du hier neben mir, und ich mag es.“

Er hätte sie jetzt gern in den Arm genommen und geküsst, aber von Dudenhofen ließ ihnen keine Zeit dazu. Er beschleunigte, und Bitze hatte Mühe, dranzubleiben.

„Er fährt Richtung Sterkrade“, meinte Bitze, und tatsächlich verließ der Anwalt die Autobahn an dieser Abfahrt.

„Ob er weiß, dass wir hinter ihm sind?“ Ellen Schrader kamen langsam Zweifel an ihrer Aktion.

„Glaube ich nicht, und ich habe das Gefühl, dass wir auf einer richtig heißen Spur sind."

„Glaubst wohl immer an deinen Polizisteninstinkt", erwiderte sie lächelnd.

Vor einer Filiale der Sparkasse hielt von Dudenhofen schließlich an, stieg aus und ging in die Schalterhalle. Ellen Schrader wartete einen Moment und folgte ihm, während Bitze im Wagen blieb.

Einige Minuten später kam sie zurück. „Er ist mit einer Angestellten in den Tresorraum gegangen. Jetzt glaube ich auch, dass er noch etwas Größeres vorhat."

„Mit Geld hat er seinen Kopf immer wieder aus der Schlinge gezogen." Bitze wusste genau, wovon er sprach. Vor zwei Jahren erst war Wüllner in einem dubiosen Maklergeschäft verwickelt und hatte sich mit von Dudenhofens Hilfe freigekauft.

„Diesmal glaube ich eher, von Dudenhofen hat die Seite gewechselt und will jetzt versuchen, seine Haut zu retten, nach allem, was mit Wüllner passiert ist", erwiderte Ellen Schrader. „Mal sehen, wohin er mit dem Geld fährt."

Nach kurzer Zeit kam von Dudenhofen mit einem Koffer unter dem Arm aus der Bank zurück, stieg in seinen Wagen und fuhr los.

Bitze startete den Peugeot. Erst jetzt fiel ihm auf, dass er immer noch Lokalradio hörte.

„Darf ich?" fragte er und zeigte Richtung Kassettenfach. „‚Live in Paris', eines ihrer besten Konzerte."

Ellen Schrader lächelte. Er ist schon ein verrückt – liebenswerter Kerl, dachte sie und stellte mit Erstaunen fest, dass ihr die Musik auch sehr gut gefiel. Der Song hieß „Hide in Your Shell", und sie hätte sich jetzt gern irgendwo mit ihm versteckt. Stattdessen verfolgten sie einen schwarzen Audi.

„Anscheinend geht es zurück nach Bottrop", sagte Bitze.

Mittlerweile war es kurz vor sieben, Berufsverkehr im Ruhrgebiet, und prompt landeten sie in einem Stau am Autobahnkreuz Oberhausen. Um halb acht erreichten sie schließlich Bottrop, und Bitze meinte: „Wenn mich nicht alles täuscht, fährt unser Freund zur Bodega Bar."

Ellen Schrader zuckte leicht zusammen und dachte an ihren letzten Besuch dort. Der hatte in einem Kellerraum geendet und zu einer Fahrt nach Holland geführt, über die sie eigentlich nicht so gern nachdachte, außer an Adrie und Bart, die ihr auf so liebe Weise geholfen hatten.

„Gut“, sagte sie, „bringen wir es zu Ende. Bodega Bar, wir kommen, und diesmal lassen wir uns nicht wieder austricksen.“

Bottrop am Abend, gegen acht Uhr

Müdigkeit machte sich breit. Köhne öffnete das Fenster seines Wagens und atmete die kühle Abendluft tief ein. Im Lokalradio lief „Love me Tender“, und Köhne erinnerte sich genau an den Moment, als er den Song das letzte Mal gehört hatte. Das war vor einiger Zeit im Sauerland, kurz bevor er Raisa getroffen hatte. Er schaltete das Radio aus und war mit einem Schlag hellwach, denn ein silberner Audi hielt einige Meter von ihm entfernt an. Drei Männer stiegen aus und gingen zum Eingang der Bar. Einen der Männer hatte Köhne vor Henks Bar in Holland schon einmal gesehen, und sein Hass und seine Wut wurden noch größer. Als er die Wagentür öffnen wollte, bemerkte er einen schwarzen BMW, der ebenfalls vor der Bar stand. Ein Mann mit einem Koffer unterm Arm verließ den Wagen. Nachdem er hinter der Hausecke verschwunden war, stieg Köhne aus. Kurz danach betrat er die Bar.

Als Bitze und Ellen Schrader den Parkplatz der Bodega Bar erreichten, entdeckte Bitze sofort den silbernen Audi: „Schau an, das gestohlene Fahrzeug.“

„Vielleicht möchte von Dudenhofen sein Auto zurückkaufen“, meinte Ellen Schrader mit einem ironischen Unterton in der Stimme.

„Ich hatte schon damit gerechnet, dass es zu dieser Konstellation kommen würde“, dachte Bitze laut. „Scheinbar hat von Dudenhofen seinen alten Spezi Wüllner fallen gelassen und die Seite gewechselt. Ich möchte nur wissen, was er mit dem Geld vorhat.“

„Wahrscheinlich wurde er unter Druck gesetzt, und spätestens seit der Sache mit Wüllners Villa weiß er, dass mit diesen Leuten nicht zu spaßen ist“, war sich Ellen Schrader sicher. „Das hat sich doch schon bei unserem Gespräch mit ihm in der Kanzlei gezeigt, dass ihm das Wasser bis zum Halse steht, und daran war weniger unser Erscheinen schuld, als vielmehr die Männer im Hintergrund, die hier in Bottrop schon seit längerer Zeit die Macht an sich gerissen haben.“

Sie beobachteten weiter die Bar, doch alles blieb ruhig.

Bitze rief Beckbach an und bestellte ihn zur Bodega Bar. „Showdown, Becki“, meinte er. „Aber komm nicht allein, sondern bring den Kollegen Hubrich mit.“

Ellen Schrader nahm in der Zwischenzeit Kontakt zum Polizeipräsidium in Essen auf und bat um schnellstmögliche Unterstützung durch das dortige SEK. Man versprach ihr, die Truppe sofort Richtung Bodega Bar in Bewegung zu setzen.

Bitze legte die Stirn in Falten. „Der Opel Corsa da vorn irritiert mich, er passt nicht ins Bild. Ich befürchte noch jemanden in der Bar, der da nicht hingehört.“

„Wie meinst du das?“ fragte Ellen Schrader nach. Auch ihr war der Wagen aufgefallen.

Bitze erinnerte sich an den Truckerfahrer Köhne, der die tote Frau in Wüllners Villa anhand des Schuhs identifiziert hatte. „Ich befürchte, der Brummifahrer plant seinen eigenen Rachefeldzug!“

Ellen Schrader verstand nicht so recht, was er meinte, und so erzählte er ihr von dem verzweifelten Mann. Jetzt wurde Ellen Schrader erinnerte sich an ihr Erlebnis in Holland und hatte wieder das stolze, aber auch ängstliche Gesicht der anderen Frau vor Augen.

„Bist du dir sicher, dass der Corsa ihm gehört?“ Sie sah Bitze fragend an.

„Ja, und das macht die Sache hier um einiges schwieriger. Diese Leute schrecken vor nichts zurück und löschen Leben aus wie andere Menschen Kerzenlichter.“

Beckbach meldete sich, und sie beschlossen, dass Hubrich und er den hinteren Bereich der Bar im Auge behalten sollten. Innen blieb es weiterhin ruhig. Gedämpftes Licht schien auf die Straße. Zum ersten Mal seit seiner Aktion in Holland holte Bitze seine Dienstwaffe wieder aus dem Handschuhfach.

Köhne betrat die Bar und schaute sich um. Niemand war zu sehen. Er fühlte den Griff des Messers in seiner Jackentasche, und das gab ihm ein Gefühl von Sicherheit.

Er setzte sich an einen Tisch in der Nähe des Tresens und konnte Stimmen aus dem hinteren Bereich vernehmen, ohne allerdings etwas zu verstehen. Dann kam ein Mann nach vorne, und sein Gesichtsausdruck hatte nicht den Hauch von Freundlichkeit.

„Was willst du?" blaffte er Köhne an.

Obwohl er spürte, dass sein Herz ihm bis zum Hals klopfte und seine innere Stimme ihm riet, einfach wieder zu gehen, bemühte er sich ruhig zu wirken und orderte einen Gin-Tonic mit Eis.

„Ich dachte, es gibt auch Frauen hier", versuchte Köhne ein Gespräch zu beginnen, doch der Typ stellte das Glas auf den Tisch und meinte nur: „Heute nicht, jetzt trink und halt die Klappe."

„Man wird doch wohl mal fragen dürfen", versuchte Köhne zu erwidern.

„Darf man nicht." Und bei diesen Worten beugte sich der Typ zu Köhne herunter und zischte: „Trink aus, und dann verschwinde besser, denn zu viel fragen ist hier eher ungesund."

Köhnes Hand suchte den Griff des Messers, aber dann nahm er doch einen Schluck aus seinem Glas. Sein Gegenüber stand immer noch am Tisch und wartete.

„Wo bleibst du, Yuri?" rief plötzlich eine Stimme aus dem Hintergrund.

„Moment noch, bin gleich da!" rief der zurück und drehte sich kurz Richtung Tresen.

Tisch oder Messer, zuckte es Köhne durch den Kopf, und er entschied sich für den Tisch. Mit voller Wucht rammte er ihn seinem Gegenüber in den Rücken, der mit einem kurzen Aufschrei in die Knie ging. Köhne stürzte sich auf ihn und drückte ihm das Gesicht auf den Boden. „Jetzt bekommt ihr alles zurück, was ihr Raisa angetan habt, ihr Schweine!“

„Ti delayesh balschuju achipko! Du machst einen großen Fehler, mein Freund!“ presste der andere zwischen den Zähnen hervor, als Köhne in der Jackentasche nach seinem Messer tastete.

Er bemerkte nicht den anderen Mann, der inzwischen die Bar betreten hatte und einen großkalibrigen Revolver mit Schalldämpfer in den Händen hielt. Ein leises „Plopp“ war das Letzte, das Köhne auf dieser Welt hörte.

Bodega Bar, Bottrop, 21 Uhr

Mittlerweile hatten die Kollegen Beckbach und Hubrich auf dem Gelände Stellung bezogen. „Hier ist noch alles ruhig“, meldeten sie sich bei Bitze. „Was ist mit den Spezialeinheiten?“

„Die müssten eigentlich jeden Moment eintreffen“, sagte Bitze, und meinte in diesem Moment ein Geräusch aus dem Inneren der Bar zu hören.

„Was war das?“ fragte Ellen Schrader, die auch etwas gehört hatte.

„Hörte sich an, als wäre ein Tisch umgefallen“, sagte Bitze, „und das gefällt mir ganz und gar nicht. Wo bleiben nur die Kollegen aus Essen? Wenn sie nicht bald kommen, gehe ich alleine rein.“

„Das wirst du ganz schön bleiben lassen.“ Ellen Schraders Stimme duldete keinen Widerspruch.

Plötzlich öffnete sich die Tür der Bar, und ein Mann kam heraus.

Bitze und Ellen Schrader duckten sich in ihren Sitzen. „Es ist nicht Köhne“, flüsterte Bitze.

Der Mann schaute sich nach allen Seiten um und ging dann wieder ins Haus. Die Tür war gerade ins Schloss gefallen, als die Spezialeinheit aus Essen eintraf.

Mindestens zwanzig Männer in grünen Tarnanzügen und mit Gewehren bewaffnet sprangen aus den Fahrzeugen. Einer von ihnen kam auf Bitzes Fahrzeug zu und stellte sich als Polizeihauptkommissar Schlödel vor. Ellen Schrader erläuterte ihm die Situation und vergaß nicht, darauf hinzuweisen, dass sich vermutlich ein Unbeteiligter in der Bar aufhielte. Einige von Schlödels Männern installierten große Scheinwerfer auf dem Parkplatz, die die Vorderfront der Bar in gleißendes Licht tauchten. Mehrere Streifenwagenbesatzungen aus Dorsten und Gladbeck hatten in der Zwischenzeit den Bereich um die Bar weiträumig abgesperrt, um Schaulustige fernzuhalten.

Hauptkommissar Schlödel ging zu seinem Einsatzwagen und kam mit einem Megaphon zurück: „Achtung, Achtung! Hier spricht die Polizei. Das Gebäude ist umstellt. Kommen Sie mit erhobenen Händen heraus, ansonsten machen wir von der Schusswaffe Gebrauch."

Er wiederholte seine Aufforderung, dann warteten sie ab. Bitze und Ellen Schrader hatten den Peugeot verlassen und standen nun mit Hauptkommissar Schlödel vom SEK im Schutz des Einsatzfahrzeuges. Im Inneren der Bar blieb es weiterhin ruhig. Plötzlich hörten sie Schüsse von der Rückseite des Hauses.

„Was ist da los?" Bitze hatte ständigen Kontakt zu Beckbach.

„Ein Mann hat versucht, mit gezogener Waffe aus dem hinteren Ausgang zu fliehen, aber er hat sich wieder ins Haus zurückgezogen."

„Ist er verletzt worden?"

„Ich glaube nicht, aber wenn du mich fragst, werden sie es wieder versuchen, auf diesem Wege zu entkommen."

„Wisst ihr, wie es in der Bar aussieht?" erkundigte sich Schlödel bei Bitze und Ellen Schrader.

Bitze erklärte ihm die Räumlichkeiten, so wie er sie von seinem letzten Besuch in Erinnerung hatte, und kam zu dem Schluss, dass es unmöglich war, die Bar gefahrlos zu stürmen, denn dazu gab es zu viele Räume auf mehreren Ebenen. Man konnte nicht wissen, wo die Männer sich aufhielten.

„Vielleicht sollten wir auf Zeit spielen", meinte Ellen Schrader.

„Letztlich wird uns wohl nichts anderes übrig bleiben, als von zwei Seiten aus reinzugehen", meinte Bitze und übersah Ellen

Schraders sorgenvollen Blick. „Ein Problem könnte es nur geben, wenn die Männer sich in verschiedenen Räumen aufhalten, aber das glaube ich eher nicht."

Schlödel überlegte einen Moment. „Na gut, dann lasst uns handeln. Jeweils zwei Männer sollten von den Eingängen aus in das Gebäude eindringen und zwei andere dabei sichern. Alle anderen Einsatzkräfte bleiben rund um die Bar postiert."

Bitze schlug vor, dass er mit drei Männern vom hinteren Eingang in die Bar gehen würde, und Schlödel solle mit seiner Truppe den vorderen Eingang nehmen. Ellen Schrader wollte protestieren, aber Bitze ließ diesmal keinen Widerspruch zu. „Es wird schon gut gehen", versuchte er sie zu beruhigen.

Schlödel war einverstanden mit Bitzes Vorschlag. Sein Vertreter, Oberkommissar Weigelt, sollte die Einsatzleitung außerhalb übernehmen. „Dann Zugriff", gab Schlödel das Kommando, und die beiden Trupps gingen los.

Als Bitze mit seinen Männern um die Hausecke kam, bemerkte er Beckbach im hinteren Bereich des Gartens und gab einen Wink. Ein stummer Impuls zu seinem Partner, der am liebsten mit ins Haus gegangen wäre.

Bitze gab zwei Männern das Zeichen, sich rechts und links der Tür zu postieren. Er erinnerte sich an seinen ersten Besuch hier und musste grinsen, denn ihm fielen die Worte von Polizeihauptmeister Polzin aus Bottrop-Boy wieder ein, der sich über seine Art Türen zu öffnen lustig gemacht hatte. Er trat einmal kräftig zu, und die Tür krachte ein. Im Flur dahinter war es dunkel, und die Männer verharrten einen Augenblick.

Vorsichtig öffnete Bitze die Tür zu dem Raum, in dem sie die verängstigten Frauen gefunden hatten.

Der Raum war leer. Sie gingen weiter. Am Ende des Ganges sah Bitze einen kleinen Lichtschein. „Dort ist die Treppe nach oben", flüsterte er seinen Begleitern zu.

In der Zwischenzeit hatten Schlödel und seine Männer den leblosen Köhne im Vorraum der Bar gefunden. Auf einen Blick sahen sie, dass für diesen Mann jede Hilfe zu spät kam. Ein kleines Loch im Nacken sprach eine deutliche Sprache. Ansonsten war nichts zu entdecken.

Als Bitze mit seinen Leuten langsam, alle Seiten sichernd, die Treppe heraufkam, sah er Schlödel mit seinen Männern in Höhe des Tresens. Er gab den Kollegen ein Zeichen, dass im hinteren Bereich niemand gewesen war. Nun gab es für ihn keinen Zweifel mehr.

„Am Ende des Ganges ist auch noch ein Raum mit einer Falltür im Boden, dort müssen sie sein", flüsterte Bitze.

Schlödel nickte, dann setzten sie sich langsam in Bewegung.

Ellen Schrader saß in Bitzes Peugeot und beobachtete gespannt den Eingang der Bar. Sie hatte Funkkontakt mit Beckbach und einem Kollegen der Spezialeinheit, doch beide meldeten ihr bislang keine besonderen Vorkommnisse.

Das Warten machte sie verrückt. Dennoch ertappte sie sich dabei, dass ihre schweiften Gedanken die Zeit zurück, als sie den Mann, um den sie sich im Moment die größten Sorgen machte, kennengelernt hatte. Was für ein Schnösel, hatte sie damals gedacht, und dann dieser blöde Tick mit dem Auto. Sie hatte alles daran gesetzt, ihm das auszutreiben und ihn dahin zu kriegen, sich wie ein normaler Polizeibeamter zu verhalten, aber je mehr sie sich bemühte, desto widerspenstiger wurde er. Sie hatten sich regelrecht bekämpft, phasenweise sogar gehasst, zumindest hatte es den Anschein. Aber etwas an ihm hatte sie immer gereizt. Lange hatte sie keine Erklärung dafür finden können, aber es immer wieder gespürt.

Heute war ihr klar, dass sie sich nicht getäuscht hatte. Sie war froh darüber. Im Handschuhfach sah sie seine Kassettensammlung. Sie wusste nicht, wann sie überhaupt das letzte Mal Kassetten gesehen hatte, im Zeitalter von CD und mp3. Supertramp ohne Ende. Mal ein Cover mit einem Klavier im Schnee, dann ein Mann auf einem Drahtseil, oder jemand saß im Liegestuhl auf einer Müllhalde. Sie musste grinsen, aber plötzlich piepte ihr Funkgerät.

*

Mit Schlödel an der Spitze ging die Gruppe geradewegs zum hintersten Raum der Bar zu, als plötzlich die Tür aufgerissen wurde und sie in das angsterfüllte Gesicht des Anwalts von Dudenhofen schauten, der von hinten festgehalten wurde, mit einer Revolvermündung an der Schläfe.

„Schön stehen bleiben und die Waffen auf den Boden, sonst ist dieser Mann ein toter Mann“, hörten sie eine Stimme mit osteuropäischem Akzent.

Auch nicht schlecht, dachte Bitze, aber er wusste, dass sie in dieser Situation nichts riskieren durften. Allerdings bemerkte er, dass er im Halbdunkeln und hinter Schlödel und seinen Männern stand.

Ohne lange zu überlegen, bewegte er sich lautlos rückwärts. Er hörte, wie die Waffen der Männer zu Boden fielen und einen bellenden Befehl: „Nun kommt langsam hierher, und keine Tricks, sonst schießen wir.“

Bitze schaffte es, unbemerkt zum Tresen der Bar zu gelangen. Er entdeckte den leblosen Körper und erkannte den Truckerfahrer wieder. Dann hörte er Schritte durch den Gang kommen und suchte hinter dem Tresen Schutz.

Als Erstes sah er von Dudenhofen mit leichenblassem Gesicht, der von einem Mann mit gezogenem Revolver vorangeschoben wurde. Ihnen folgten noch zwei weitere Männer, die gesammelte Möbelmarkttruppe, wie Bitze unverkennbar feststellte. Sie dirigierten den Anwalt zum Hinterausgang. Als die Männer um die Ecke verschwunden waren, bewegte sich Bitze zum letzten Raum, der auf den ersten Blick leer war. In wenigen Sekunden war die Falltür geöffnet und Schlödel und seine Männer waren frei. Schlödel nahm sofort Funkkontakt zu Oberkommissar Weigelt auf: „Achtung, sie kommen durch den Hinterausgang und benutzen von Dudenhofen als Geisel! Nicht schießen!“

Ellen Schrader hörte Schlödels Stimme durch das Funkgerät.

Sie setzte Beckbach und die anderen davon in Kenntnis, dass die Männer mit dem Anwalt als Geisel wohl in wenigen Augenblicken durch den hinteren Ausgang kommen würden. Inzwischen hatten die

Beamten des Spezialeinsatzkommandos die Fahrzeuge der Gangster fahruntüchtig gemacht.

„Eine geniale Idee", wie Bitze später feststellte, doch sollten die Verbrecher gar nicht mehr bis zu ihrem Fahrzeug kommen. Langsam ging die Tür am Hintereingang der Bar auf, und als Erstes kam von Dudenhofen heraus. Ihm folgten drei Männer, deren großkalibrige Schusswaffen auf den Anwalt gerichtet waren. Beckbach erkannte die Männer auf Anhieb wieder.

Das waren also die Männer, die in letzter Zeit Bottrop zum Kochen gebracht, Wüllners Imperium zerstört und ihren Weg, dazu fiel ihm ein alter Kinofilm ein, mit Leichen gepflastert hatten. Er hatte allerdings schon lange keinen Wildwestfilm mehr gesehen.

Von Dudenhofen hatte nun den Hinterhof betreten. Die anderen Männer beobachteten wachsam die Umgebung. Für die Einsatztruppe gab es so keine Gelegenheit, einzugreifen. Auch die beiden Scharfschützen, die in der Zwischenzeit auf dem Dach Stellung bezogen hatten, sahen keine Chance, die Männer auszuschalten, ohne von Dudenhofen zu gefährden.

Bitze, Schlödel und die anderen beeilten sich, ebenfalls zum Hinterausgang zu gelangen. Dummerweise war Bitze der einzige von ihnen, der noch eine Waffe hatte, aber Schlödel wollte auf den Überraschungsmoment setzen, wenn sie plötzlich im Rücken der Männer auftauchen würden. Als sie die Treppe nach oben erreichten, sahen sie gerade den letzten der Männer auf den Hof gehen. Dann ging alles sehr schnell. Bitze lief die Treppe hinauf und rief: „Hände hoch, Polizei!" Für einen Bruchteil von Sekunden waren die Männer überrascht und drehten sich kurz um. Diesen Moment nutzte von Dudenhofen, um loszulaufen. Gleichzeitig eröffneten die Männer vom Dach das Feuer. Getroffen ging das Trio zu Boden und wurde binnen Sekunden vom Einsatzkommando umstellt, dem es gelang, die Männer zu entwaffnen, ohne dass sie auch nur einen Schuss abgeben konnten.

Schlödel orderte Rettungswagen und nahm die drei Ganoven in Augenschein. Offensichtlich hatten sie Schussverletzungen in Schulter- und Kniebereich. Von Dudenhofen hatte sich freiwillig den Leuten der Spezialeinheit gestellt und wurde von Beckbach in Empfang genommen.

Ellen Schrader kam in diesem Moment um die Ecke gelaufen und konnte erst befreit aufatmen, als Bitze seinen Arm um ihre Schultern legte. „Wir haben gewonnen, Schatz“, sagte er mit zufriedener Stimme, und sie lächelte ihn an, stellte sich auf die Zehenspitzen und küsste ihn. Selten hatte er seinen Beruf so gern ausgeübt.

DER NEUNTE TAG

Bottrop am Morgen

Das Läuten des Telefons weckte Bitze um acht Uhr.

Er hatte Mühe, wach zu werden. Die Bilder und Eindrücke des letzten Abends liefen wie ein Film durch seinen Kopf. Ellen Schrader lag neben ihm und schien noch tief und fest zu schlafen. Wieder war er von ihrer natürlichen Schönheit begeistert.

Kurz nach Mitternacht hatten sie endlich Kirchhellen erreicht, glücklich, die Aktion so erfolgreich beendet zu haben. Lediglich der Tod des Truckers warf einen Schatten über die Ereignisse, aber Hauptkommissar Schlödel hatte ihnen noch mal versichert, dass sie einfach keine Chance gehabt hätten, Köhne zu retten. Es war einem Selbstmord gleichgekommen, dort allein reinzugehen. Die angeschossenen Gangster waren ins Knappschaftskrankenhaus nach Recklinghausen gebracht worden, und Schlödel hatte dafür gesorgt, dass sie dort strengstens bewacht wurden. Von Dudenhofen durfte die Nacht in einer Zelle in der Dienstelle in Boy verbringen. Er könne ja morgen seinen Anwalt rufen, meinte Beckbach lachend.

Am Telefon war Polizeioberrat Menke vom Präsidium in Recklinghausen. Bitze solle sich um zehn Uhr dort einfinden. Menke teilte ihm außerdem mit, dass sie die Staatsanwältin Ellen Schrader noch nicht erreicht hätten, was Bitze grinsen ließ. Er versprach, sich darum zu kümmern, dass die Staatsanwältin benachrichtigt würde.

Noch knapp zwei Stunden, dachte er und ging ins Bad.

Seine Mutter erwartete ihn in der Küche. „Bist du eigentlich alleine nach Hause gekommen?“ fragte sie, und er wusste, dass sie die Antwort kannte. Aber so war sie nun mal. „Ich decke dann also für drei Personen den Tisch“, meinte sie lächelnd.

„Danke“, erwiderte er kurz. „Was macht eigentlich deine Wohnung?“

„Willst du mich loswerden? Aber ich kann dich beruhigen. Ich habe gestern Bescheid bekommen, dass alles in Ordnung ist und werde im Laufe des Tages wieder zurückkehren. Grete hat mir bereits ihre Hilfe angeboten, du brauchst dich also nicht zu bemühen.“

„So war das auch nicht gemeint“, versuchte Bitze zu beschwichtigen und ging erst mal zum Stall, um nach seinen Pferden zu sehen.

Die beiden Dicken standen in ihren Boxen und wieherten leise. Er tätschelte ihre Hälse und brachte sie auf die Weide. Bewundernd betrachtete er die muskulöse Eleganz ihrer Bewegungen, als sie auf die Wiese liefen.

Als er zurück in die Küche kam, saß auch Ellen Schrader dort und unterhielt sich mit seiner Mutter. Die beiden schienen sich gut zu verstehen, und das beruhigte ihn. Dennoch freute er sich, dass sie bald zu zweit sein würden. Er küsste sie zärtlich auf die Wange und setzte sich zu ihnen an den Tisch.

„Polizeioberrat Menke aus Recklinghausen hat angerufen. Er will uns um zehn Uhr treffen“, teilte er Ellen Schrader mit. „Vorher würde ich noch gerne Kommissar Beckbach anrufen. Wir könnten uns dann anschließend in der Dienststelle mit ihm treffen.“

Kurz vor zehn Uhr betraten sie das Präsidiumsgebäude in Recklinghausen und trafen als Erstes auf den Kollegen Kahr-Nickel, der grußlos an ihnen vorbeiging.

Komischer Kauz, dachten beide, aber da wussten sie noch nicht, was sie bei Polizeioberrat Menke erwartete.

Menke empfing sie in seinem Büro und studierte gerade den Bericht, den er kurz vorher per Fax von Hauptkommissar Schlödel vom SEK Essen bekommen hatte.

„Staatsanwältin Ellen Schrader und Hauptkommissar Udo Bitze von der SOKO ‚Revierpate', da haben Sie ja für mächtig Wirbel gesorgt. Aber alle Achtung, dabei ist Ihnen auch ein richtig dicker Fisch ins Netz gegangen, denn Sergej Robotnikov gilt als einer der raffiniertesten und brutalsten Verbrecher Europas, der sich in der Vergangenheit immer wieder mit viel Geschick polizeilichen Zugriffen entzogen hat. Schon seltsam, dass er sich ausgerechnet in Bottrop so intensiv eingebracht hat, wahrscheinlich ist er davon ausgegangen, hier niemals aufzufallen. Vielleicht erfahren wir mehr von Wüllner, aber dessen Vernehmung in Holland dauert noch an, und die Kollegen dort werden uns vielleicht noch Näheres mitteilen können."

„Was wird mit den Leuten passieren, wenn sie die Klinik verlassen können?" wollte Ellen Schrader wissen.

„Das lassen Sie ruhig unsere Sorge sein", meinte Menke mit einem barschen Unterton.

„Wer sind die anderen?" fragte Bitze trotzdem nach.

„Eher Mitläufer, die allerdings für die Ermordungen in Bottrop als Haupttäter gelten, gemeinsam mit dem Mann, der im Brauhaus-Hotel festgenommen wurde. Wir vermuten, dass dieser Mann wahrscheinlich auch Bruno Kemmerling erschossen hat. Aber auch hier laufen die Vernehmungen noch." Polizeioberrat Menke machte eine kleine Pause und schaute die beiden nachdenklich an.

Bitze spürte ein ungutes Gefühl in der Magengegend und warf Ellen Schrader einen flüchtigen Blick zu. Die wirkte völlig unbeeindruckt und entspannt.

„Eine Sache müsste ich dann aber doch noch mit Ihnen klären." Polizeioberrat Menke wandte sich Bitze zu. „Gegen Sie, Herr Hauptkommissar, liegt eine schwerwiegende Dienstaufsichtsbeschwerde vor. Missachtung von Anordnungen eines Dienstvorgesetzten, unerlaubtes Entfernen von einem Ermittlungsort, eigenmächtiges Handeln entgegen dienstlicher Anweisungen. Ziemlich gravierend, Herr Kollege, finden Sie nicht?"

Kahr-Nickel, das Arschloch, dieser besserwisserische Klugscheißer, ging es Bitze durch den Kopf, und jetzt wurde ihm auch klar, warum der Kollege schnell und grußlos an ihnen vorbeigegangen war.

Als er antworten wollte, ergriff Ellen Schrader das Wort. „Herr Polizeioberrat, sicherlich sind Sie doch mit mir einer Meinung, dass man in einer Ausnahmesituation von einem Polizeibeamten erwarten muss, spontan und wenn es sein muss auch eigenverantwortlich zu handeln. Flexibilität und schnelle Reaktion sind in solchen Fällen gefragt. Hauptkommissar Bitze war, spätestens nachdem die Verbrecher ein Mitglied der SOKO, nämlich mich, in ihre Gewalt gebracht hatten, dazu gezwungen, schnell und auch eigenwillig zu handeln. Dass ich hier und heute unbeschadet vor Ihnen sitze, habe ich genau dieser Tatsache zu verdanken. Dem Kollegen ist sicherlich bewusst, dass er dabei nicht immer im Rahmen seiner Kompetenzen gehandelt hat, aber die sich ihm bietende Situation erforderte ein entsprechendes Handeln."

„Aber das ändert nichts an der Tatsache, dass Polizeirat Kahr-Nickel während Ihrer Abwesenheit als Dienstvorgesetzter verantwortlich war und seine Anweisungen demnach verbindlich waren", erwiderte Polizeioberrat Menke. „Was sagen Sie dazu, Herr Hauptkommissar?"

Bitze holte einen Moment tief Luft. „Ich weiß auch, dass es nicht in Ordnung war, den Anordnungen des Kollegen Kahr-Nickel in einigen Punkten nicht zu folgen, aber wie die Frau Staatsanwältin schon richtig gesagt hat, blieb mir in dieser Situation keine andere Wahl. Es ging um Frau Schraders Leben, und da das für mich eine absolute Ausnahmesituation war, habe ich entsprechend gehandelt. Ich kann mich für diese Vorfälle nur beim Kollegen Kahr-Nickel entschuldigen."

„Gut", antwortete Menke, „ich werde über die Sache nachdenken und dann entsprechende Maßnahmen ergreifen. Fürs Erste möchte ich allerdings die SOKO ‚Revierpate' mit Sitz in Bottrop bestehen lassen, vorausgesetzt, dass Sie, liebe Frau Staatsanwältin, das auch befürworten."

„Ich halte das auch für eine sehr sinnvolle Maßnahme. Wir werden uns bemühen, die gute Zusammenarbeit in der SOKO und mit der Kreispolizeibehörde weiter auszubauen und zu perfektionieren. Dafür werde ich sorgen, und ich bin sicher, meine Mitarbeiter auch."

Bei diesen Worten nickte Bitze zustimmend. Damit war die Unterredung beendet, und Bitze war froh, als sie wieder in seinem Wagen saßen und Richtung Bottrop fuhren.

„Da wird noch etwas nachkommen", meinte Ellen Schrader, „aber das soll uns im Moment nicht stören. Vielleicht sollten wir versuchen, ein paar Tage Urlaub zu nehmen. Ich kenne da einen süßen, kleinen Bauernhof in Holland."

Bottrop am Nachmittag

Bitze hatte Ellen Schrader zum Essen ins Zorbas eingeladen. Sie hatten wenig geredet, einfach nur ihr Zusammensein genossen. Gegen halb drei trafen sie dann in der Dienststelle ein, wo sie schon von Beckbach erwartet wurden, der sich zunächst mit Bitze in dessen Büro zurückzog.

„Sagt mir Bescheid, wenn ihr fertig seid, ich werde in der Zwischenzeit den ersten Papierkram erledigen", meinte Ellen Schrader, gab Bitze einen flüchtigen Kuss auf die Wange und ging in die obere Etage.

„Seid ihr jetzt eigentlich richtig zusammen?" Beckbach konnte sich ein Grinsen nicht verkneifen.

„Ja", antwortete Bitze, und damit war dieses Thema für ihn erledigt.

„Und was gab's in Recklinghausen?" fragte Beckbach nach.

„Frag besser nicht. Kahr-Nickel, dieser blöde Pisser, entschuldige, hatte eine Dienstaufsichtsbeschwerde gegen mich eingereicht, und der Oberrat wird mir noch mitteilen, welche Folgen das für mich hat."

Er berichtete Beckbach kurz von dem Gespräch und wie Ellen Schrader sich für ihn und die SOKO eingesetzt hatte. Fürs Erste würden sie also wie gewohnt weiterarbeiten können.

Beckbach teilte ihm mit, dass von Dudenhofen ins Präsidium nach Recklinghausen gebracht worden war und dort zurzeit verhört würde. Auch der Russe aus dem Brauhaus-Hotel, von dem er mittlerweile wusste, dass er Boris Kasputov und nicht Harry Klein hieß, befand sich inzwischen in Recklinghausen.

„Gut, dass wir die erst mal los sind“, war Bitzes Kommentar, der schon mit Schrecken an die Berichte dachte, die er als Nächstes zu schreiben hätte. Mit Ellen Schrader an seiner Seite würde das um vieles leichter sein.

Kurze Zeit später klopfte es. Zu ihrem großen Erstaunen stand Polizeiinspektor Wim Snijder in der Tür. Sie begrüßten sich herzlich.

„Ich dachte, ich komme, um euch persönlich darüber zu informieren, wie es bei uns gelaufen ist. Außerdem wollte ich euch gern mal wiedersehen.“ Bitze und Beckbach fanden, dass das eine gute Idee war und freuten sich, den kooperativen holländischen Freund wieder an ihrer Seite zu haben.

Snijder berichtete, dass Wüllner mittlerweile ein umfassendes Geständnis über seine Beteiligung an den Taten abgelegt hatte. „Anfangs hatte Wüllner geglaubt, mit Hilfe der Russen sein Imperium noch größer und mächtiger zu machen, und Geld hatte dabei eine große Rolle gespielt. Das Geschäft mit den russischen Frauen, die alle illegal in Deutschland und Holland lebten und mit falschen Versprechungen in den Westen gelockt worden waren, hatte ihnen zunächst jede Menge Gewinn eingebracht. Wenn eine der Frauen mal versuchte, aus diesem schmutzigen Geschäft auszubrechen, gingen Robotnikov und seine Männer äußerst brutal dagegen vor und schreckten bekanntermaßen nicht einmal vor einem Mord zurück.“

„Aber warum Kropp?“ fragte Bitze.

„Wüllner hatte Angst, dass Kropp ihn mit Hilfe der Russen ausbooten könnte, und deshalb hatte er sich die Unterstützung Robotnikovs erkauft und Kropp eliminieren lassen, was er später, laut eigener Aussage, als großen Fehler einsah. Denn Robotnikov hatte längst beschlossen, Wüllners Platz einzunehmen, seinen Druck auf den alten

Revierpaten ständig verstärkt und auch von Dudenhofen auf seine Seite gezogen.“

„Zuerst der Hund, dann die Villa.“ Bitze nickte zustimmend.

„Die tote Frau in der Villa war scheinbar nicht eingeplant, denn eigentlich wollte Wüllner sie mit nach Holland nehmen, was ihm bei seiner überstürzten Flucht nicht gelungen war. Wüllners Pech war, dass er in dem Moment in Bergen eintraf, als wir so weit waren, vor Ort gegen Firsov und seine Leute vorzugehen. Ein klassischer Fall von verzockt, wenn ihr mich fragt.“

„Hat er was zum Tod des Journalisten gesagt?“ Beckbach schaltete sich in das Gespräch ein.

„Nichts Genaues, aber so wie es aussieht, hatte Kemmerling seine Nase etwas zu tief in die Geschäfte der Russen gesteckt und außerdem noch gemeint, so etwas für die Frauen tun zu können. Er wollte wohl die Story seines Lebens und hat dafür mit seinem Leben bezahlt. Es wäre sicherlich für ihn gesünder gewesen, wenn er sich euch anvertraut hätte, zumal“, und damit wandte er sich an Bitze, „ihr ja in gewisser Weise befreundet wart.“

Bitze nickte und konnte es sich immer noch nicht erklären, warum Kemmerling bis zum Schluss auf eigene Faust gehandelt hatte. Die Antwort darauf würde er nie mehr bekommen.

Abschließend kam Snijder noch einmal auf die Russen zu sprechen. Er hatte mittlerweile erfahren, dass sowohl Robotnikov als auch Firsov schon seit Jahren eine Spur der Gewalt quer durch Europa gelegt hatten. Erpressungen, illegale Prostitution und Wettmanipulationen waren nur ein Teil ihrer Machenschaften. Scheinbar hatten sie jetzt versucht, sich neue, eher ruhige Reviere zuzulegen. Glücklicherweise war ihnen das aber nicht gelungen, und die drei Polizisten waren froh darüber, dass damit wohl erst mal Schluss war. Das Telefon klingelte. Ellen Schrader erkundigte sich, wie lange sie noch bräuchten. Bitze erzählte ihr von Snijders Besuch, und sie kam sofort in sein Büro, um den Kollegen aus Holland persönlich zu begrüßen. Der machte sich kurz danach wieder auf den Weg zurück nach Amsterdam, nicht ohne ihnen zu versichern, bei sich bietender Gelegenheit wieder gerne mit ihnen zusammenzuarbeiten.

Bottrop am Abend

„Ich möchte dich gern einladen“, sagte Ellen Schrader zu Bitze, als sie die Dienststelle verließen. „Ich kenne da eine kleine Pianobar mit einem wundervollen, blassen Pianospieler, der vielleicht auch einen Song von Supertramp spielen kann, wenn ich ihn darum bitte.“

Bitze war erneut überrascht, denn das hätte er von ihr nie erwartet. Es waren nur wenige Gäste in der Bar, und das Piano stand allein auf der kleinen Bühne.

„Wir sind wahrscheinlich zu früh hier, denn meist war es schon viel später, wenn ich hier hinkam.“

Die kleine Bar gefiel Bitze, und ihm war klar, dass es gemeinsam mit ihr noch viel Neues zu entdecken gab. Er freute sich darauf. Sie bestellten sich einen Cocktail und einen kleinen Imbiss und ließen die Ereignisse der letzten Tage noch einmal Revue passieren.

Dann betrat der Pianospieler die kleine Bühne und setzte sich ans Klavier. Er ist wirklich sehr blass, ging es Bitze durch den Kopf, aber er spielt sehr bluesig und gefühlvoll. Ellen Schrader lächelte und lehnte sich entspannt an Bitzes Schulter.

Als der Klavierspieler sein Programm für einen Augenblick unterbrach, stand Ellen Schrader auf, ging zu ihm und flüsterte ihm etwas ins Ohr.

Dann spielte er „Take the Long Way Home“.

Bitze war glücklich wie lange nicht mehr.

DER ZEHNTE TAG

Kirchhellen am Mittag

Im Haus war es total ruhig. Ganz langsam erwachten Bitzes Lebensgeister. In der Pianobar war es ziemlich spät geworden, und erst weit nach Mitternacht waren sie in Kirchhellen angekommen. Er hatte schon lange nicht mehr einen so schönen Abend verlebt, und diesmal war Ellen Schrader auch nicht verschwunden.

In der Nacht hatte sie noch über die Möglichkeit gesprochen, demnächst gemeinsam in Kirchhellen zu leben. Ellen Schrader hatte zugestimmt.

Er fing an, das Frühstück zuzubereiten, als das Telefon klingelte. Es war Beckbach, der ihm mitteilte, dass am Morgen ein Fax von der Kreispolizeibehörde angekommen war. Polizeioberrat Menke teilte ihm mit, dass die Dienstaufsichtsbeschwerde abgewiesen worden war. Das Innenministerium des Landes NRW hatte ebenfalls per Fax der SOKO zu ihrem Erfolg gratuliert und in diesem Zusammenhang vor allem die Entschlossenheit und Führungsqualitäten des Hauptkommissars Udo Bitze gelobt.

„Es ist auch dein Erfolg, Becki", meinte Bitze.

„Hauptsache, wir können weiterarbeiten, denn ich hätte wenig Lust gehabt, woanders hinzuwechseln." Damit beendete Beckbach das Gespräch, nachdem Bitze ihm noch gesagt hatte, dass er am Nachmittag auf jeden Fall zur Dienststelle kommen würde.

„Gibt es Neuigkeiten?" erkundigte sich Ellen Schrader, die gerade die Küche betrat. Sie hatte sich Bitzes rotkariertes Holzfällerhemd übergezogen und sah hinreißend aus.

Bitze berichtete ihr von seinem Gespräch mit Beckbach und den Neuigkeiten aus Recklinghausen.

Sie legte den Arm um seinen Hals und küsste ihn.

„Lass uns frühstücken und danach Adrie und Bart anrufen. Ich finde, wir haben uns ein paar Urlaubstage verdient. Ich werde mich am Nachmittag um die Genehmigung kümmern."

Adrie und Bart freuten sich über die Neuigkeiten aus Bottrop, und sie verabredeten sich für das nächste Wochenende. Nachdem Bitze die Pferde auf die Wiese gebracht hatte, fuhren sie zur Dienststelle in die Stadt.

Bitze verbrachte den Nachmittag damit, seine Unterlagen zu ordnen und erste Stichpunkte für seine Berichte zu formulieren. Irgendwann teilte ihm Ellen Schrader mit, dass ihnen eine Woche Urlaub genehmigt worden wäre.

Beckbach kam mit einem Stapel Zeitungen. Überall wurde in großen Lettern von den Ereignissen in Bottrop berichtet, und in den Nachrichten erläuterte der Pressesprecher der Kreispolizeibehörde den großen Erfolg der SOKO aus Bottrop. Bitze und Beckbach beschlossen, demnächst auf Bitzes Hof diesen Erfolg gebührend zu feiern und dazu auch die Kollegen aus Holland einzuladen.

Am Abend in Kirchhellen

Auf dem Weg von der Dienststelle nach Hause hatten sie sich noch zwei Pizzen bei Salvatore geholt, und da es ein recht lauer Abend war, aßen sie am kleinen Tisch vor dem Haus. Zur Feier des Tages hatte Bitze eine frische Kiste Iserlohner geordert, und sie tranken den leckeren Gerstensaft des Sauerlandes direkt aus der Flasche.

„Es ist einfach wunderschön hier“, meinte Ellen Schrader zu ihm und beobachtete dabei die beiden Altmärker, die friedlich auf der Wiese grasten.

Bitze ging ins Haus, und als er wieder vor die Tür trat, erklang „Give a little bit“, einer der schönsten Supertramp-Songs, aus den Boxen.

„Wenn du willst, gebe ich dir noch viel mehr“, sagte sie und schaute ihn lächelnd an.

Dank

Bedanken möchte ich mich bei Mirjam Günter für ihre Motivationshilfe und den Titelvorschlag.

Bei meinen Freunden Bernd Rosenberg und Michael Kuchenbecker für ihre fachlichen Beratungen, Anregungen und Verbesserungsvorschläge, die die Erzählung lebendiger und farbiger gestalteten.